Raoul Verneuil

La Vie d'un Bohème

E. Bernard, Éditeur, Paris.

Petite Collection E. BERNARD

N° 23

La Vie d'un Bohème.

Par Raoul Verneuil.

PARIS
E. BERNARD IMPRIMEUR-ÉDITEUR
29, Quai des Grands-Augustins, 29

La
Vie d'un Bohème.

I

UNE NOUVELLE LOCATAIRE

La concierge chargée de veiller, au 74 de la rue du Delta, à ce que les locataires ne déménagent pas à la cloche de bois, autrement dit : sans payer leur terme, était une personne de cinquante ans, vraie tête de hibou, le corps sec comme un coup de trique ; elle avait, de plus, la gracieuse démarche du canard.

Rosalie Traversin, de son nom de famille, était originaire du Cantal. Ses dix-huit ans accomplis, elle avait épousé Jean Bidoche, valet de chambre chez M. Goussedail, propriétaire à Paris.

En quinze ans, le ménage eût treize enfants, tous de belle venue, mais rouges et laids. Le valet de chambre étant mort d'apoplexie, Goussedail, qui voyait Rosalie très mûre, jugea bon de la bombarder pipelète dans son immeuble le plus grand ; et généreux, il s'occupa de faire donner une éducation primaire aux onze garçons, lesquels étaient, le certificat d'études obtenu, pourvus d'emplois en province.

Une veille parente réclama l'aînée des filles ; l'autre, n° 13 de cette famille, devait rester le bâton de vieillesse de Rosalie. Singulière créature ; autoritaire, prétentieuse, elle se croyait une petite marquise. Avec cela, rouge, rouge carotte, et d'une maigreur effrayante. Pourtant, Zoé faisait l'orgueil de sa mère et la terreur des locataires. Sa manie était de tourner tout le monde en ridicule.

A dix-huit ans, Mademoiselle voulait donner le bon ton aux gens de la rue. Son chignon était noué avec un chic montmartrois ; elle avait déjà été apprentie giletière, corsetière, couturière, blanchisseuse, sans réussir nulle part qu'à fainéanter et à manger les confitures ou le sucre de ses patronnes, dès que celles-ci ne la surveillaient plus.

Mais Mme Pipelet, ayant découvert chez sa fille un tempérament d'artiste, elle lui cherchait une « carrière ».

Babylas, le musicien, qui habitait le premier, lui trouvait une voix de « rossignol ». Il s'engageait à la *dégrossir* quand il aurait terminé un opéra en cinq actes : *Jupiter mangeant des prunes dans le jardin des Hespérides*, commandé par le grand théâtre d'Etrépagny. Grâce à cette promesse, Babylas, très déchard, remettait aux calendes grecques l'heure de payer son terme ; et il flirtait, le soir, dans l'ombre de l'escalier, avec la jouvencelle.

Donc, Rosalie faisait des rêves d'or, tout en initiant

Zoé au maniement du balai, ainsi qu'à tirer proprement le cordon, puis à tuer prestement les puces égarées dans l'alcôve où les deux femmes reposaient de minuit à huit heures du matin.

Tout allait pour le mieux lorsque, un dimanche, avant midi, une voiture de grande remise s'arrêta devant la porte. Un nuage de dentelles et de falbalas quitta la banquette, roula vers l'entrée de l'immeuble. Deux petits yeux gris, percés en trous de vrille, au-dessus d'un nez si petit, d'une bouche si petite, d'un menton si petit, qu'on se demandait si c'était une femme ou une enfant qui s'avançait ; les deux petits yeux, embusqués derrière les verres d'un face à main cherchèrent un écriteau.

Ayant lu une indication, la petite personne sautilla jusqu'à la loge.

Mme Pipelet épuçait son chat.

Le matou tomba tout à coup pâmé, ou plutôt asphyxié sur les genoux de sa maîtresse.

Les odeurs, un affreux mélange de patchouli, de poudre et de musc, qui s'échappaient des dessous de la visiteuse, avaient causé pareil effet.

Zoé renifla, ouvrit la fenêtre, saisit minet.

— Vous êtes la concierge ? dit l'étrangère d'une voix enchanteresse.

— Oui, Madame.

— Vous avez un logement à louer ?

— Plusieurs logements à louer.

— Je voudrais visiter le plus confortable.

— Alors, au premier, dans la cour, glaces, eau et gaz, bon escalier.

Et, tout en donnant ces indications elle prenait un trousseau de clefs.

— Quel prix?

— Huit cents francs... Madame veut voir...

— Tout de suite.

En effet, l'appartement était confortable : antichambre, vaste cuisine, salle à manger, salon et deux chambres.

— Pendant dix ans, indiqua Rosalie, le logement a été occupé par la marquise de Pincegourde... cette dame qui..... cette dame que..... Enfin, pour des raisons spéciales, la marquise a dû passer en Belgique. J'ai été navrée, car Lolotte, — c'était le petit nom de la dame, aimait beaucoup ma fille. Elle lui donnait ses corsets et ses culottes, que nous vendions à l'Auvergnat du coin, les utilisant pour orner sa femme qui danse la bourrée en public... une bourrée, Madame...

La petite dame sourit.

— Je comprends que vous regrettiez Pincegourde... Elle était chouette...

— Vous l'avez connue?

— Oui, un peu à Bullier...

— Tiens, je fréquentais aussi... Quand mon amoureux se mettait en goguette... Je dansais le cancan... Une, deux, houst!

Et, empoignant ses jupons, au-dessus du genou, Mame Pipelet envoya une ruade dans la direction du plafond.

— Merveilleux ! approuva l'étrangère ; nous pourrons nous entendre... J'ai besoin d'une duègne... On rigolera..... toujours sur le dos des imbéciles... Quant à la location, huit cents, c'est un peu chaud pour ma fiole... Mettons six cent cinquante... Nous mangerons la différence ensemble.

— Allons, je tirerai la carotte au propriétaire.

— Vous tirerez... s'exclama l'horizontale en pouffant de rire.

— C'est une vieille habitude.

— Si nous mettions six cents ?

— Non, ma chère, il ne faut pas trop réduire....

La visiteuse compléta :

— La carotte, car il n'en resterait plus.

— Et je perdrais, de ce fait, une partie de mes moyens d'existence. Mon âge est celui de la pré voyance, savez-vous ?

— Aussi, je ne veux pas gâter vos affaires, d'au tant mieux que vous paraissez comprendre la vie, la bien comprendre... Voilà un louis de Denier à Dieu, le louis d'un paysan qui s'était, hier soir, égaré dans mon boudoir... Il sort d'un bas de laine ; gardez-le ; il vous portera bonheur...

Puis, s'avançant vivement au fond du salon.

— Tiens, il y a une porte de communication, par ici ?

— Autrefois, renseigna Rosalie, le même locataire occupait tout l'étage.., soyez tranquille, on a mis des verrous des deux côtés.

— Qui occupe ?

La bouche de la concierge se fendit d'une oreille à l'autre, avant d'annoncer :

— Un jeune homme... charmant... artiste consommé ... un futur académicien, pour sûr... M. Babylas Lemerle de la Grenouilleverte... noblesse authentique ... Seulement, par modestie, il ne porte pas son titre... Il fait des vers comme père et mère ; et de la musique mieux que môssieu Gounod.

— A-t-il de la galette ?...

— Peu... mais des héritages en perspective.

— Bref, il attend, sous l'orme, une pluie d'or... Quand ça tombera, je l'aiderais volontiers à ramasser.

— Vous aurez là un excellent voisin...

Et elle ajouta, confidentiellement :

— Je vous engage, ma chère, à le considérer, car il doit pousser ma fille, lui faire connaître les coulisses du théâtre.

— Et à plumer les pigeons ?...

— Pour ça, Zoé, qui a du tempérament, n'aura pas besoin de professeur ; je vous le garantis. D'ailleurs, la vie de théâtre, qu'elle veut mener, développera étonnamment ses facultés... Et vous emménagez ?

— Le 15 avril. Mais quelques renseignements, encore.

— Je suis à votre disposition, chère Madame.

L'horizontale pirouetta sur ses talons et décrivit un grand cercle avec son ombrelle.

— Voyons les divertissements qu'on peut s'offrir dans la péniche ?

— Dans la péniche? répéta Rosalie interloquée.

— Dans la maison. Avez-vous des gens chics chez qui on va prendre le thé ou la chartreuse en robe de chambre? Ou bien quelque naïf à la recherche des influences nécessaires pour lui faire obtenir une décoration?...

— Il n'y a que des pingres, sauf Eusèbe Josse, un propriétaire breton, amateur de noces carabinées et de... cotillons.

— Bien; on se paiera le poireau de Josse. Est-il présentable?

— Je vous crois; il cire ses moustaches, il monte à bicyclette, canote, va au bal de l'Opéra et se saoûle régulièrement six jours par semaine.

— Qu'il me tarde de connaître un si brave garçon. Maintenant, qui loge au-dessous de moi?

— Au rez-de-chaussée? C'est un journaliste, la plus belle crapule qui se soit jamais promenée sous la calotte des cieux; un animal qui me fait taper d'étrennes, sous prétexte... Je vous expliquerai, plus tard... Oui, un rossard qui ne me donnerait jamais un billet de théâtre... Aussi, je lui joue plus d'un tour.

— Et au-dessus?

— Un commis-voyageur affligé d'une femme jalouse. Ils se battent tous les soirs, sans crier, ce qui ne vous causera aucun désagrément.

— Le soir, ça m'est égal, je n'y suis jamais. Le voyageur peut réduire sa moitié en miettes, pourvu qu'il ne défonce pas le plafond... Je m'en bats l'œil. Je cultiverai seulement la connaissance de Babylas et de Josse, puisque vous voulez bien les recommander à ma bienveillante attention... Les gaillards ne s'embêteront pas avec une petite femme de mon tempérament. Vous me les présenterez dès que faire se pourra.

Elle tira sa montre.

— Voyons, midi, je vous retiens... Vous ne demandez pas de références avant de donner les clefs ?

— Aux grincheux, oui ; mais à vous...

— Bien obligée ; je vous revaudrai tout cela... Une concierge qui me botte a tout à gagner... Vous direz au proprio que je suis très exigeante... J'ai mes raisons.

Voici mon nom.

Rosalie lut, sur un bristol incassable :

GOTON DE PRÉSALÉ

Artiste dramatique.

(Tous les jours, de 2 heures à 5).

— Il ne manque que l'adresse, fit observer Mme Pipelet.

— On la mettra ; soyez tranquille...

La concierge, barrant la porte de sa chétive personne, relisait. « Artiste dramatique. »

— Justement, ma fille qui veut monter sur les planches... Si vous aviez parfois une petite minute...

— Comment donc ! Je surveillerai ou je compléterai l'éducation que M. Babylas Lemerle de la Grenouilleverte doit lui donner... Nous en ferons une étoile de première grandeur... Je déjeune chez Bignon. Adieu !

Et la petite personne, au corps emmagasiné dans les dentelles, qui exhalait le relent de trente parfumeries, parut glisser dans l'escalier, traversa la cour en se carrant, jeta la porte sur le nez d'un garçon épicier qui, atteint aux échasses, qu'il avait longues, chancela, s'abattit avec un panier de bouteilles de vin imprudemment porté sur la tête. Il s'ensuivit un horrible fracas, lequel amena sur place les gens de la rue.

L'air très digne, Goton était remontée dans sa calèche de louage. Le cocher fit savamment tourner le cheval qui partit au grand trot, sans que la future locataire du 74, songeât aux dégâts causés à Me Jacquinet, le premier épicier de la rue Rochechouart, par son imprudence.

A la requête de la concierge, un agent fit circuler les badauds.

Justement, M. Goussedail arrivait.

— Zoé, dit Rosalie, tu vas courir à la pharmacie de la place Blanche me chercher pour deux sous de fleurs de sureau...

Moyen ordinairement employé pour éloigner la jeune fille.

La rouge personne posa le matou sur un fauteuil.

— J'y vais, maman, j'y vais... Mouton revient à lui ... J'y vais, maman.

Rosalie s'empressait.

— Entrez donc, Monsieur Goussedail, entrez donc ... Excusez-moi du désordre dans lequel vous trouvez la loge... J'ai eu tant à faire ce matin...

Puis jetant un regard par la fenêtre qui ouvrait sur le corridor aboutissant à la porte cochère :

— La gamine est partie. Nous pouvons, mon gros Nestor, parler sans crainte. Quel bon vent t'amène ?

Nestor étala sa ronde bedaine dans le fauteuil réservé au chat, après avoir éloigné Mouton d'un revers de main. Il respira bruyamment, en homme essoufflé. Sa face apoplectique resta rouge.

— Le vent de mes intérêts, répondit-il. Il me semble que lesdits intérêts sont depuis quelque temps assez négligés... Ne proteste pas, ma bonne. Ici, dans une maison qui devrait me rapporter vingt mille francs, tu tailles en maître. Tu as une séquelle de parents et d'amis à loger... A la fin, j'en ai assez de pareils sacrifices. Je te préviens que toutes tes créatures devront avoir vidé les lieux pour le terme, y compris les mauvais payeurs.

— Eh bien, dit Rosalie, on renverra tous les parasites. Après tout, ils occupent des logements qu'on n'a pu louer... En ta qualité de philanthrope, tu avais décidé... Puisque tu redeviens vautour, mon petit Nestor... montrons-nous sévère. Quels sont les mauvais payeurs qui doivent recevoir congé ?

Goussedail feuilleta un petit carnet.

— D'abord, les demoiselles Chignon, des pimbêches. . Ça doit trois termes...

— Bon, on les préviendra que, à défaut de numéraire versé dans les huit jours, elles devront aller planter leur tente ailleurs.

— Pardon ; je ferai saisir leurs meubles.

— On les saisira, c'est entendu. L'huissier attend de la besogne. Après ?

— Je prends la même mesure contre ce gâteux qui s'affuble d'un nom de grenouille.

Mme Pipelet leva les bras au ciel.

— M. Babylas ! Tu n'y penses pas... Autant me retirer le cordon... D'ailleurs, M. Babylas ne doit que deux termes, une misère... C'est un garçon destiné à devenir illustre ; j'en réponds... Plus tard, on mettra une plaque sur la maison, où les passants liront : « Le célèbre Babylas est mort dans cet immeuble, le... » Quel honneur pour tes héritiers.

— Je m'en fiche.

— M. Babylas paiera ses dettes.

— Qu'en sais-tu ?

Rosalie prit un air mystérieux, et, flattant de petites tapes, la grosse tête de Nestor, elle confessa, à mi-voix :

— Je sais ce que valent, ce que font, ce que disent mes locataires... Pour être exactement renseignée, ta fifine ouvre les lettres, oh adroitement... une petite manipulation au-dessus de l'eau bouillante ; et je recolle si bien que le plus malin n'y voit goutte. L'autre jour, une lettre timbrée de Dijon arrive à l'adresse de l'artiste. Devine ce qu'on lui annonçait ?

— La faillite de la science.

— Ouah ! On lui annonçait que, avant un an, il serait mis en possession d'un héritage de cent mille francs dont des cousins peu scrupuleux l'avaient frustré. L'honnête homme commencera, j'en suis sûre, par payer ses dettes.

— Alors, nous le gardons, indiqua le propriétaire qui se laissait prendre, encore une fois, au mensonge de l'habile Rosalie. C'est une concession que je t'accorde. Le bohème a crédit pour un an, pas plus. Il nous reste à régler une plus importante affaire... Des raisons particulières m'ont obligé de m'affilier à la *Ligue de l'épuration de Paris*. Or, à partir de ce jour, je ne dois plus loger comme locataires, ni faux ménages, ni cocottes.

Rosalie exécuta un bond prodigieux.

— Comment épurer ?

— Des congés... Quant aux petites dames qui se présenteront, tu leur montreras cet écriteau qui sera mis en bonne place.

Mame Pipelet n'avait pas remarqué le placard déposé sur la table par le propriétaire. Il portait en grosse bâtarde :

ON NE LOUE PAS AUX COCOTTES

— Peste, se dit la concierge, il faut pourtant que j'introduise Goton de Présalé dans la boîte, sans quoi je perds le bénéfice de quelques grosses parties. Je violerai le nouveau règlement; j'employerai la ruse.

Haut, elle approuva :

— Je ne serai plus exposée à me commettre avec des filles... Un pareil acte vous honore grandement...

Zoé rentrait, apportant la fleur de sureau.

Goussedail se hâta de déguerpir, tant le regard de la future actrice l'impressionnait.

Rosalie allait se mettre à table avec son dernier rejeton, quand, dans l'entrebâillement de la porte, une tête pointue se montra.

— Entrez donc, monsieur Josse.

— Non, ma bonne madame Bidoche... Je voulais seulement savoir qu'elle était la jolie personne venue louer ce matin...

Mame Pipelet s'approcha, lui dit à l'oreille :

— Une jeune veuve, et du meilleur monde... Elle vous a tapé dans l'œil... hein? Coureur, va! Hâtez-vous de vendre une ferme, et, en me laissant conduire la barque, je vous mènerai au port où vous voulez aborder...

II

BABYLAS ENTRE EN SCÈNE

Le 15 avril, dans la matinée, quatre gaillards en bras de chemise, les manches retroussées jusqu'au coude, l'œil allumé, se présentaient à la porte de la loge du 74.

— Ous'qu'est le directeur du service? clamait l'un, déjà ivre.

— Par ici, répondait Mame Pipelet occupée sur le palier du premier étage. Que voulez-vous?

— Vous voir un peu la tête, pardi!

— Ces familiarités dépassent les bornes, reprit sèchement Rosalie. Venez-vous ici pour un service ou pour vous moquer ?

— Nous apportons les meubles de Mme de Présalé. Belle, haute et puissante dame de Présalé. Montrez-nous l'endroit où il faut déposer la cargaison. Le temps presse!

Dans deux grandes tapissières, les meubles étaient empilés : meubles en pitchpin ; on remarquait surtout un divan, des causeuses et nombre de tableaux, dont les sujets manquaient complètement de vêtements.

Rapidement, les déménageurs vidèrent les tapissières.

La petite dame arriva au moment où les ouvriers s'épongeaient le front.

— Une pépie, nous avons une pépie, déclara le plus âgé. Deux litres de vin blanc nous remettraient un peu de nos fatigues. Laissez-vous faire ; c'est l'habitude. Nous boirons à votre santé.

Elle s'exécuta.

Mme de Présalé était flanquée de sa caméristé, une maigre personne à l'air effronté qui trouva, tout de

TIENS, UNE PORTE ?

suite, l'escalier de service trop étroit, les robinets à eau mal plantés, le compteur à gaz trop petit, des plaques du parquet disjointes.

Pendant qu'elle pérorait dans le nez de Zoé, qui l'avait introduite, Mame Pipelet montrait à Goton l'écriteau du propriétaire.

— Que signifie ?...

— Ce vieux singe, expliquait Rosalie, veut acheter des indulgences. Il désire jouer un rôle dans la bourgeoisie honnête... Et il m'embête. Aussi, j'ai dû déclarer votre location sous le nom de Mme Claudine de Présalé — Goton, ça court les rues — veuve d'un violoniste et artiste dramatique par désœuvrement. Alors il faudra, pour sauver les apparences, dans les petites réunions que vous organiserez chez vous, faire beugler vos amis... au risque d'ameuter les locataires.

— Je m'arrangerai en conséquence.

— Et prendre des airs...

— De mijaurée. Entendu. Je chercherai quelque noble vieillard pour me servir de parrain... Si le propriétaire... des fois...

— Gardez-vous de le séduire.

— Pourquoi ?

— C'est le dernier des harpagons. Un drôle... Jadis, il prenait des bonnes à tout faire, un gueux, un bandit ! vous dis-je. Vous vous installez. Avez-vous besoin de mes services aujourd'hui ?... De jour ou de nuit, ne vous gênez pas... Et ma fille peut m'aider.

— Je verrai demain, chère Madame... Il faut que je songe à faire changer mes cartes de visites.

— Vos cartes... questionna Rosalie.

— Oui, celles où il y a *massage* ; je veux qu'on mette : *Leçons de comédie toute la journée. Prix modérés.*

— Vous étiez donc masseuse ?

— Jamais de la vie... C'est un petit truc parisien, pour introduire des gens chez soi... On se contente de soulager le porte-monnaie des imbéciles. Mes leçons de comédie aboutiront au même but.

— Je vous ai déjà trouvé un élève... Josse, qui vous suivra partout comme un chien. Il est présentement cossu.

— Bonne affaire, dont je vous tiendrai compte. Au revoir !

Mme de Présalé monta chez elle.

Victoire, qui lui servait de cordon bleu et de femme de chambre, rangeait les meubles, non sans maugréer, déplorant de ne pas avoir une vue sur la rue, ce qui l'incitait à se montrer parfois sur le balcon pour lancer aux passants des œillades incendiaires.

A la nuit, tout était mis en place.

Goton dîna chez elle.

Puis, penchée sur une revue illustrée, la demimondaine, habillée d'un peignoir très décolleté, les pieds, quels petits pieds, enfermés dans des mules de satin, sa chevelure rousse éparse en ondes qui noyaient le cou trop blanc sous la poudre, la nouvelle locataire s'attarda à lire.

Elle lisait les amours de *Don Juan*.

Discrètement, la pendule sonna onze heures.

Victoire était allée rejoindre un tambour-major de lignards dans un café situé aux environs de la caserne du Château-d'Eau.

Mme de Présalé bâilla, s'étira ; et, se plaçant devant la glace, se mit à contempler sa frimousse de gamine.

— Ai-je l'air d'une veuve ?...

Et au bout de cinq minutes, elle reprit :

— Ai-je l'air d'une artiste ? Mais oui... Il ne manque qu'un théâtre, chevaux et voiture. Ah ! j'oubliais ; et un marquis de Carabas pour me lancer. En attendant, essayons notre voix.

D'un timbre sonore, Goton chanta :

Connais-tu le pays où fleurit l'oranger ?
Le pays des fruits d'or et des roses vermeilles,
Où le ciel est plus doux et l'oiseau plus léger...

Mais Mme de Présalé s'arrêta brusquement.

Une musique délicieuse, de rêves, l'air de *Mignon*, éclatait en grandes sonorités derrière la porte qui, au fond, séparait le salon de l'appartement du voisin.

Puis la musique du piano reprit sur un autre thème, tandis qu'une voix de basse s'élevait graduellement :

Venez, ô ma Déesse
Consoler ma tristesse !
Eloigner ma douleur
Et raviver mon cœur.

Cela faisait partie du premier chant de l'Opéra : *Jupiter mangeant des prunes dans le jardin des Hespérides.*

Pour être en contact avec le musicien, Goton n'eût qu'à tirer les verrous de la porte, à pousser les deux battants, à étendre la main sur qui se posèrent les lèvres d'un être étrange.

Babylas pouvait avoir trente ans. Complètement hirsute, il avait le visage amaigri du meurt-de-faim. Le menton galoche, la bouche en cuvette et le nez aquilin lui donnait l'air de Méphistophélès égaré en ce bas-monde. Comme s'il rentrait de soirée, il était en habit, un habit râpé, ayant absorbé, dans les cabarets du quartier latin, plusieurs onces de sauce; mais seulement habillé de chaussettes blanches aux extrémités de son individu et le linge rentré sous un foulard de soie jaune.

Debout, il répéta, en fauchant l'air de ses bras démesurément longs :

> Venez, ô ma Déesse,
> Consoler ma tristesse !

Mme de Présalé vit, aux lueurs vagues d'une chandelle de suif, entre quatre meubles boîteux, dans un lieu dénommé salon, le piano aux touches couvertes de feuillets qui ressemblaient assez à des partitions.

Babylas expliquait :

— J'en suis, Madame, à la scène VII du dernier acte... Il y a vingt-six mois que je travaille à mon chef-d'œuvre... A Etrépagny, tout le monde est sur les dents en attendant la première représentation... Veuillez vous asseoir... Voyez, je ne compose qu'en habit... et à des heures... Autrement, l'inspiration ne me vient pas.

Du bout des doigts, il exécuta l'andante d'une fantaisie.

— Très bien, approuva la cocotte.

— Je suis ravi d'avoir une si charmante voisine... Artiste dramatique, n'est-ce pas? La concierge m'a prévenu. Oui, je suis au mieux avec la loge... Vous plaît-il, Madame, de m'entendre chanter quelques airs de *Jupiter?...*

— Monsieur, ne vous fatiguez pas pour moi... J'aurai plus tard l'avantage de vous applaudir. Asseyez-vous là, et causons... Vous m'intéressez énormément... énormément.

— Trop heureux, madame... Voyons, on ne vous fait pas la cour?

Elle déclara brutalement :

— Sans argent, non...

— J'aime mieux ça... Je ne perdrai pas mon temps à vous poursuivre de ces attentions qui rendent tout individu ridicule auprès d'une femme... Pas de vers à vous déclamer, car je tourne le madrigal... On se traitera en...

Il cherchait un mot.

Elle dit :

— En copains. Les convenances, nous les fourrons dans notre poche...

Puis, lui tapant sur le ventre :

— Allons, mon vieux, as-tu du tabac que je grille une cigarette ?... Sans façon, tu sais, Caporal ou Maryland... Non, on ne se tutoiera plus en public. Je deviens, à partir de demain, une veuve... respectable... Envoie du feu... Très bien... Maintenant, raconte-moi l'histoire de ta vie...

M. de la Grenouilleverte n'en pouvait croire ses oreilles.

Il balbutiait :

— L'histoire... de ma vie... Histoire... banale... vous savez.

Goton, assise au bord du fauteuil, les pieds allongés, se dressa tout à coup,

— Si tu ne me tutoies pas, je t'envoie ma mule à travers la... bouche. Et je raconte à tout le monde que tu n'es pas musicien.

— Je... je... te... tutoierai, ânonna-t-il. Vraiment, je craignais d'abuser de la permission octroyée... Tutoyer... Mme de... Présalé.

— Une artiste comme toi... Allons, d'où sors-tu ? Qui t'as élevé ? Quelle fût ta première maîtresse ? Pourquoi n'as-tu pas été employé de bureau au lieu de devenir musicien ?

— Voilà bien des questions.

— Auxquelles tu dois répondre sur-le-champ.

Babylas passa lentement la main gauche sur son front.

— Voyons, mon vieux, invita Goton, accouche donc un peu.

Il éternua avant de commencer :

— Je suis d'une bonne famille de Toulouse. Ma mère ruina mon père en voitures et en toilettes. Resté seul au monde à dix ans et jeté sur le pavé, je suivis des Italiens qui jouaient de l'accordéon dans les villages. Les yeux noirs d'une petite fille me conduisirent très loin... Elle m'ouvrit un coin du Ciel, là-bas, vers les Alpes, au fond d'une auberge dont je revois toujours les décors... Depuis, j'ai couru maintes aventures, tantôt cossu, tantôt pauvre... Et, rêvant d'art, j'ai juré de parvenir au Capitole... malgré tous les obstacles et les oies que les débutants rencontrent ordinairement sur leur chemin.

— Bravo, mon garçon... Tu as manqué le Conservatoire?

— Naturellement.

— Pour échouer dans cette maison.

— Après des traverses.

— Tu as vécu?

— Hélas! j'ai aimé et souffert.

Goton le prit aux épaules, appuya son front contre le bras de Lemerle.

— Conte moi ta peine; dis... Attends, que j'aie roulé une autre cigarette...

Et, au bout d'un instant :

— Va, petit, épanche dans mon sein le sanglot de ton amour déçu.

Lui, la regarda une minute, dans les yeux.

— C'est vrai, tu as pitié des misères humaines? C'est vrai, tu serais une Madeleine capable de dévouement?

Elle, ses dents blanches égrenèrent un rire.

— M'ami, comme disait Sapho, parle ! Je boirai tes paroles... Parle.

— A vingt ans, lorsque dans mon sang, la sève de jeunesse poussait, je fis, aux abords d'un théâtre, la rencontre d'une personne pour laquelle j'éprouvai tout de suite un irrésistible penchant. Elle était grande, svelte, les cheveux rouges, sans charmes aux yeux du commun des hommes, mais dans son regard brillait une flamme qui m'éblouissait, ce qui m'enchaînait tout de suite à ses pas. Et je la suivis longtemps, fidèle adorateur, sans obtenir d'elle autre chose qu'un sourire...

Oui, j'ai travaillé des jours et des nuits qui n'en finissaient pas afin de gagner, dans le plus rude hiver, le prix d'un bouquet de fleurs qu'elle me permettait de fixer à son corsage... Oui, j'ai subi des hontes pour avoir le droit de la revoir... Oui, je me suis abaissé, croyant pouvoir gagner chaque jour dans son estime... Un soir, je reçus un billet. « — Je t'adresse un éternel adieu ». J'errai longtemps à sa recherche. Longtemps aussi, je pensai à la mort apparue au milieu de mes souffrances, telle une délivrance. Et je vécus, sais-tu pourquoi, femme ?

— Parce que, dans ton âme, l'infinie espérance de retrouver la créature adorée descendit.

— Non ; je vécus d'avoir rencontré une autre jeune fille dont le regard avait la même douceur que celui de Paule... Je me berçai d'illusions... Peut-être pourrais-je, de celle-là, obtenir les caresses refusées par l'autre.

— Tu rêves d'une séduction. Où est cette femme?

— Dans la maison. Je n'habite ici, depuis longtemps, que pour la voir tous les jours. Je lui parle, je l'admire. Je cherche à jeter dans son âme un trouble profond.

— Ta belle aux yeux de feu a des cheveux d'or?

— Oui.

— Elle s'appelle Zoé?

— Tu as deviné? Garde-moi le secret de cette confession.

Mme de Présalé lui prit les mains.

— Voisin, je t'aiderai... J'occuperai le chevalier du cordon pendant que, auprès de toi, sa fille prendra des leçons d'art. Je crois Zoé facile à... entraîner. Tu goûteras dans sa compagnie le charme exquis que tu demandais à l'autre... Pensè qu'une tombe s'est fermée sur Paule... Son sosie sera demain dans tes bras.

— Mais, je ne vois pas encore.

— Quels obstacles empêchent la réalisation de ton bonheur, voyons?

Babylas s'assura que les portes étaient bien fermées, avant de dire :

— Mme Bidoche veille sur sa fille. Je n'ai pu lui parler, jusqu'ici, qu'une minute durant, quand, le soir, elle allume le gaz dans les escaliers. A la vérité, elle ne s'est pas montrée farouche.

— Voilà qui promet, mon cher.

— Pour deux leçons prises au piano, sa mère l'accompagnait.

— Au diable la mère. As-tu un plan pour l'éloigner ?

— Rien. Je chercherai.

— Ne cherche pas ; j'ai trouvé. Mlle Bidoche doit aimer les arts d'agrément. Sait-elle danser ?

— Si peu.

— Alors, il faut l'amener à te choisir, pendant les absences de sa mère, pour professeur... Vous ne valserez pas dans la loge... mais chez toi... gentiment, front contre front, quitte à recommencer souvent... Et je ne donne pas quinze jours à Zoé... Tu comprends, mon petit?

M. de la Grenouilleverte hocha la tête.

— Non, elle ne voudra pas quitter la loge. Je serai encore berné.

Le pauvre jeune homme prit son front entre ses mains, déclara :

— Quel malheur ! Ne pouvoir réaliser le plus beau rêve de sa vie. Etre à la merci du caprice d'une femme. Avoir les yeux fixés sur ses yeux, dans les rares rencontres, pour demander un encouragement. Toujours attendre. C'est à en mourir ou à se moquer.

— Moque-toi, jeune homme. Fais de la femme un jouet. Autrement, tu souffriras toutes les douleurs... M'entends-tu? J'ai marché sur des cœurs sans vouloir entendre ni les appels ni les supplications... Un homme s'est brûlé la cervelle à ma porte... Je n'ai pas étendu la main vers son cadavre. J'ai dormi dans la même maison que le suicidé sans éprouver de remords. Tu séduiras Zoé.

— Je séduirai Zoé.

— Tu te vengeras de l'autre.

— Oui, si tu crois que je dois le faire.

— Tu dois le faire.

— Et si, plus tard, j'avais derrière moi cette fille rousse?

Goton haussa les épaules.

— Tu lui jetterais un sarcasme ou une pièce de monnaie. Elle comprendrait et te laisserait courir vers ta destinée.

— Alors, je devrai à ton aide?

— Toutes les satisfactions.

— Comment pourrais-je jamais te payer? Pas le sou, ma chère. Je vis en donnant des leçons de français aux enfants du charbonnier... Le propriétaire attend toujours ma bonne galette... Quant à mon dernier tailleur, il se morfond souvent à la porte...

— Nous te ferons des jours ensoleillés d'amour... pour commencer... Ensuite, on s'arrangera à te lancer... Tu n'as pas une tête ordinaire.

Babylas jeta vers sa glace un regard.

— Il est vrai que ma bobine...

— Sois tranquille, lorsque j'entreprends quelque chose, il faut que je réussisse. Sarcey l'a dit : « Devenez le béguin d'une femme jolie et intrigante, vous parviendrez facilement à tous les honneurs et à toutes les places... » Alors, mon cher, tu n'as plus qu'à trouver le ciel bleu et la terre couverte de fleurs...

— Et incessamment je pourrai respirer ces fleurs?

— Oui, poète et musicien ; oui, Lovelace ; oui futur grand homme. Voici le programme de tes plaisirs : demain samedi, grrrande soirée dramatique chez Mme Claudine de Présalé, ex-pensionnaire du théâtre de la Monnaie, à Bruxelles, qui réunira la noblesse du quartier Bréda. Dimanche, éloignement, l'après-midi, de Mme Bidoche, ce qui te permettra de faire la roue autour de Zoé...

Babylas se jeta aux genoux de la cocotte.

— Goton, je mets à tes pieds l'expression de mon éternelle reconnaissance.

III

MADEMOISELLE ZOÉ DANSERA

Le samedi, à neuf heures du soir, au grand ébahissement des locataires de l'immeuble, des dames en toilettes de bal et des jeunes hommes, de l'escadron des flâne-toujours, se succédaient de cinq minutes en cinq minutes, dans l'escalier B.

Mme Bidoche, debout sur le pas de sa porte, faisait à chaque couple qui passait une grave révérence.

Zoé lisait le journal, aux lueurs d'un bec de gaz, s'interrompant parfois pour soupirer aux malheurs de l'héroïne du feuilleton qui venait de tomber entre les mains d'un chenapan.

Le matou ronflait.

A dix heures, quatorze invités étaient réunis dans le salon de Mme de Présalé. On se faisait les plus étranges présentations :

— Ma chère, je te présente Estelle, des *Variétés folichonnes*. — Mlle de la Savate, du *Lion amoureux*. — L'inimitable Eudoxie Caniche, du *Moulin Joli*. — Victorine, du théâtre de Grenelle. — Gueule de melon, première danseuse au *Nestor enchanté*.

Les messieurs n'étaient pas nommés.

Tous étaient des personnages chantés par Bruand.

Certes, ils eussent mieux porté la casquette à trois ponts que le haut de forme ; ils se fussent sentis davantage à l'aise au coin du square d'Anvers qu'au milieu d'un appartement orné de fleurs.

Ils ne parlaient qu'à voix basse, confidentiellement.

— Eh, dis donc, Latripe, c'qu'on est r'luisant, vrai. Les mômes a s'sont fendues pour nous garnir. V'là une débine de chic, por sûr. A quelle heure qu'là bouregoise va rincer la dalle ?

L'Alphonse fut interrompu.

Goton s'étant mise au piano, Mlle de la Savate chantait le grand air de *Lakmé* et la voix puissante du contralto se répandit, en notes graves, dans toute la maison.

A plusieurs fenêtres, des gens crièrent « bis ».

Victoire vint parler bas à Mme de Présalé.

— Ce cher ami ! s'exclama la cocotte, j'avais oublié, il me semblait bien qu'il manquait quelqu'un à notre réunion.

Elle se précipita dans l'antichambre et y trouva, occupé à nouer sa cravate, le poète-musicien tiré à quatre épingles.

— Maëstro, j'éprouvais les plus vives inquiétudes de ne pas vous voir paraître. Mais vous êtes splendide... Une chemise blanche et des bottes... Vous avez donc fait, depuis hier, un héritage ?

— Pas du tout.

— Vous avez trouvé crédit ?

— Encore moins.

— Ces choses vous sont tombées du ciel ?

— Elles viennent de la terre.

— J'y perds mon latin. Racontez-moi vite comment vous avez pû obtenir linge et chaussures ?...

— Par le plus simple subterfuge.

— Vous avez tant d'imagination que je ne dois pas m'étonner.

— Malheur à celui qui n'en a pas dans les temps difficiles que nous traversons. Ne vous ai-je pas dit la situation que j'occupe, trois heures durant par jour chez le charbonnier-restaurateur du coin de la rue Pétrelle ?

— Professeur des moutards de l'Auvergnat, si j'ai bonne mémoire.

— Or, l'Auvergnat me tient pour un homme si savant, tant habile, qu'il ne fait plus rien sans me consulter. Son cousin de Saint-Flour s'étant calciné l'autre jour en allumant une lampe à pétrole, le charbonnier redoute, par dessous tout, ce genre de mort violente ; et, comme il cherchait à s'assurer contre un accident toujours possible, je lui parlai, ce matin même, de passer ses chemises au procédé ignifuge, procédé rendant les étoffes ininflammables. — J'ai précisément un ami dans cette partie, lui ai-je dit ; confiez-moi trois chemises et des faux-cols, et des manchettes ; je vous rendrai le tout dans huit jours, un peu sali par la matière introduite. Après, vous pourrez traverser les flammes, sans rien craindre... Je puis donc faire trois sorties et représenter l'homme cossu.

— Parfaitement joué... Mais les bottes ?

Babylas répondit en riant :

— Les bottes ont été plus difficiles à enlever. L'Auvergnat se plaignait d'un cor au petit doigt de pied. Il avait employé toutes les poudres et tous les onguents sans parvenir à diminuer le volume du malencontreux durillon... Je lui proposai de passer ses chaussures à la forme, ce qui rendrait le cuir plus souple... Il craignait qu'un cordonnier ne les lui abîmât. — Un cordonnier ? me récriai-je, je ferai la chose moi-même, sur mes propres formes. Comme il remettait à plus tard de décider. — Vous serez estropié dans huit jours, dis-je. Le gaillard résistait encore. Je dus faire intervenir sa femme. Et, triomphalement, j'emportai les bottes.

Elles sont un peu grandes, du 44. Néanmoins, je les ai promenées toute la journée. J'éprouve un véritable orgueil et un grand plaisir à me trouver convenablement chaussé, après avoir traîné la savate pendant six mois.

— Dans cet équipement, je vais vous présenter à la compagnie.

— Et, au seuil du salon, la voix grêle de Goton annonça :

— Mesdames, je vous présente un illustre compositeur : M. Babylas de la Grenouilleverte, qui travaille pour l'Opéra.

Toutes les femmes s'empressèrent à serrer la main de l'arrivant.

Les... messieurs se déhanchèrent en faisant claquer leurs langues. Latripe déclara, dans le cercle formé :

— Ocore z'un purotin... Pas la peine de faire ses poches... On récol'trait peau de balle et balai d'crin. A quand qu'on rince la dalle ?

Eudoxie Caniche se mit à beugler :

Il a des bottes, Bastien...

— Tiens, c'est vrai ! s'écrièrent les autres, en chœur. Des bottes avec des clous. C'est donc la mode à présent ?

Mme de Présalé répondit :

— Vous ignorez que tous les musiciens de talent portent des bottes.

— Et pourquoi faire, ma chérie ? demanda Latripe en remontant ses rouflaquettes.

— Mais pour battre la mesure et la bien entendre. Ainsi, Olivier Métra ne portait que des bottes. Il allait à la cour avec des bottes.

Tout le monde reprit :

Il a des bottes, il a des bottes,
Bastien.

ET,
RÊVANT D'ART...

Ce qui ne manqua pas d'amuser le pauvre Lemerle de la Grenouilleverte.

Il s'informa peu après :

— Avez-vous invité l'aimable madame Bidoche ?

— J'attendais, cher monsieur, que vous eussiez paru, pour l'envoyer chercher... Au fait, vous vous acquitterez mieux que personne de cette délicate mission. Dans un instant, quand Victoire servira les rafraîchissements, amenez la pipelette ou sa fille...

— Zoé... murmura Babylas en roulant des yeux de merlan frit. J'y descends.

Il se précipita dans l'escalier, glissa sur la troisième marche et dégringola, au préjudice de son fond de culotte qui devint béant.

La concierge arrivait, voyait une boule noire un moment immobile.

— Quel est donc l'imbécile... Espèce de sauvage, vous pourriez pas aller faire vos culbutes ailleurs ?... Je vais vous ramasser.

Le gaz éclaira la figure défaite du baron de la Grenouilleverte.

— Excusez-moi, Madame... Mes chaussures neuves... Un faux pas.

Mame Pipelet s'humilia.

— C'est cet excellent monsieur Babylas... Si je pensais ?.. Quel malheur. Voyons, n'avez-vous rien de cassé ?

Remis debout, le pauvre diable se tâta, depuis la cheville des pieds jusqu'aux clavicules.

— Rien de cassé.

— Venez à la loge. Vous prendrez un vulnéraire, cher monsieur Babylas.

— Je vous remercie, chère Madame... Ah! bonsoir, mademoiselle Zoé... Toujours jolie... Madame de Présalé m'envoie chercher mademoiselle Zoé... Ces dames vont danser un... divertissement... mademoiselle Zoé qui se destine à la carrière. Faudrait donc... Puis, il y aura des rafraîchissements.

Rosalie déclara :

— S'il y a des rafraîchissements, je monte... J'ai une soif de Cancale.

— Tantale, rectifia Zoé.

— Peuh! Tantale ou Cancale, c'est la même chose. Zoé, tu fermeras le gaz et tu te mettras au lit sans tarder. La prochaine fois que madame de Présalé donnera une soirée, ma fifille ira à son tour. Monsieur Babylas, je vous suis.

Babylas faisait un nez très long.

Mais il se promettait de prendre une revanche, dès le lendemain.

La limonade bue, Rosalie se tapa sur les cuisses.

— Saperlipopette, Mme de Présalé a oublié d'inviter M. Josse... Il ne faut pas lui faire l'humiliation de l'éviter... Mon locataire, un vieux daim, soupire pour vous ; et il vient de vendre une ferme.

— Allez nous le chercher.

Josse, en redingote et en cravate blanche, battait la marche dans son appartement, depuis huit heures du soir. Les chants et la musique lui arrivaient aux oreilles. Il se demandait pourquoi on le laissait se morfondre. La vue de Mame Pipelet lui donna des ailes.

— Mon cher, j'ai parlé pour vous. Ça ira tout seul. Seulement, pendant quelques jours, montrez-vous discret. Il faut d'abord prendre contact. Négligez de parler de l'élévage de vos cochons, et de votre habileté à couper les chats... Prenez votre cornet à piston... Vous nous jouerez la retraite.

On entoura, on choya le vieux garçon.

A minuit, le piano et le piston faisaient rage. Quatre couples dansaient un quadrille échevelé ; mais les locataires, soudainement réveillés, se mirent qui à la porte, qui à la fenêtre, à protester contre ce tapage infernal.

Latripe leur cria de sa voix rouillée par l'alcool :

— A Charenton, les borgeois !

Et la petite fête s'acheva sur les deux heures, quand la plupart des invités étaient gris comme des lansquenets.

Babylas dormit ensuite du sommeil du juste.

Il fut brusquement réveillé vers neuf heures du matin.

On frappait dans sa porte, à coups redoublés.

— Mochieu Papylassse, chil vous plaît. Mochieu Papylassse.

— Bigre, pensa M. de la Grenouilleverte, c'est l'Auvergnat qui vient réclamer ses bottes... Mâtin, il me les faut garder... Que dirait Zoé de me voir en chaussettes ?...

Le pauvre diable se tirait les cheveux, cherchant une ruse le pouvant tirer d'embarras.

Il imita la voix d'une vieille femme :

— Vous demandez M. Babylas? Il vient de sortir... Je suis sa femme de ménage. M. Babylas est allé porter des bottes chez quelqu'un. Il ne m'a pas dit le nom. Il ne rentrera que demain, dans la soirée...

— Che chont mes bottes... Che le retroufe chez moi... Merchi pien matame... Chai besoin de mes bottes pour aller au baptême du petit Chayduchac. Merchi, matame.

Et des pas lourds battirent les marches de l'escalier.

— Ouf! soupira le compositeur, ce charbonnier a le diable au corps de me poursuivre ainsi. Il ne peut pas aller au baptême avec des souliers. Il faut pourtant que j'avise à garder les bottes toute la semaine. Baste, je trouverai bien au fond de ma cervelle, un truc d'étudiant pour éloigner Langlumé.

Quand Zoé aura capitulé, je rendrai les bottes ; pas avant... Il me reste sept francs, assez d'argent pour vivre pendant une semaine. Je ne passerai point à la pension du fouch'tra.

Mme de Présalé le prévint à trois heures.

— Dans un instant, je pars avec Rosalie. Il est temps de préparer des batteries contre Mlle Bidoche. Sa mère ne rentrera pas avant minuit. De l'audace, mon vieux, et bonne chance!

Il se déclara encore son obligé.

Puis il arrêta la ligne de conduite à suivre.

Ses plans une fois établis, Babylas se rasa, arrangea ses cheveux, endossa un complet gris, et, en chaussons, il courut à la loge.

Il trouva Mlle Zoé les yeux remplis de larmes.

— Grand Dieu ! s'écria le futur grand homme, vous aurait-on manqué de respect?... Où est le misérable que je lui f.... iche la botte du charbonnier ; non, ma botte, aux assises... Mademoiselle Zoé, vous me fendez l'âme de vous voir ainsi attristée.

Le musicien donnait, aussitôt, le prétexte de sa visite inattendue :

— N'avez-vous pas reçu une lettre pour moi ?... Rien. On me fait longtemps attendre mon quartier de pension... Me direz-vous, Mademoiselle, pourquoi vos incomparables beaux yeux sont mouillés ?

De la main gauche, la rousse se mit à brandir un journal.

— Je l'avais prévu... La pauvre Léocadie Pistolet est abandonnée ; il lui reste un enfant sur les bras. Tout est perdu... Létournadeu va épouser la marquise. Quel gredin... si je le tenais... Voilà mon feuilleton gâté.

— Il s'agit de votre feuilleton ! Alors, rassurez-vous, Mademoiselle. A l'épilogue, les gens malheureux hériteront d'un oncle d'Amérique. Le crime sera puni. La vertu toujours récompensée. Mademoiselle, je suis votre serviteur.

M. de Lagrenouilleverte exécuta une fausse sortie.

— Ah ! j'oubliais... Une confidence que je vous dois...

Il fermait prudemment la porte.

— Hier soir, Mme de Présalé voulait vous voir à sa soirée... Elle y tenait absolument. Vous auriez coudoyé des artistes... Votre mère a pris une place qui vous était réservée... Mais une compensation vous sera offerte jeudi prochain.

— Vraiment, monsieur Babylas?

— Oui, mon excellente voisine donnera un bal... où seront invités des gens du monde. J'ai pensé à votre embarras...

— Quel embarras?

— Vous ne savez pas valser...

Elle confessa humblement :

— C'est vrai... Et je ferai triste figure... Il me faudra garder la banquette. Triste, triste extrémité... Hélas ! je n'ai aucun moyen de remédier à cette lacune laissée dans mon éducation.

Une voix musicale lui arriva, tendrement modulée, aux oreilles.

— Si, il y a un moyen, ma belle enfant.

Zoé s'élança vers l'homme qui lui ouvrait soudainement des horizons.

— Il y a un moyen... Je pourrais vous montrer les mesures de quelques danses... J'ai été professeur... tout à fait entre nous, n'est-ce pas... Un homme de mon envergure ne doit jamais avoir exercé de métier... Si vous vouliez...

— Monsieur Babylas, vous êtes trop bon... J'en parlerai à ma mère... et

Un grand geste du musicien lui coupa la parole.

— Votre mère, qui a des idées à côté, vous dira que vous avez bien le temps de connaître la chorégraphie... tandis qu'il m'est facile, en deux heures, de vous initier... Par exemple, cet après-midi.

— Et qui gardera la loge ?...

— Mettons ce soir.

— La même objection se présente.

— Attendez ; je suis un homme de tête... Vous laissez, à neuf heures, la porte cochère ouverte. Gaz baissé dans la loge, avec l'écriteau derrière la vitre : « La concierge est dans l'escalier. » Les locataires rentreront sans rien remarquer.

— Seulement, ma mère ?

— Mme de Présalé la conduit au théâtre... Alors, jusqu'à minuit... C'est entendu ; je vais préparer mon piano. Je vous *taperai* les mesures les plus difficiles. Et, jeudi, vous émerveillerez les invités...

Zoé battit des mains.

— Vous êtes tout plein gentil, monsieur Babylas... Dites donc, vous ne me pincerez pas, comme l'autre soir.

Le baron de la Grenouilleverte prit un air grave.

— Ma chère enfant, nous aurons autre chose à faire. A neuf heures. Prenez dès maintenant vos dispositions. Pas de corset, pas de pantalon, vous auriez trop chaud. Et nous boirons des grogs... A ce soir !

Avant de sortir, son regard enveloppa Mlle Bidoche.

Il s'en fut, comprimant dans l'escalier les battements de son cœur.

— Pas d'erreur, Zoé a le même regard que l'autre... Je retrouverai les joies perdues... Ah ! ma pauvre jeunesse... Mais, ce soir, je monte au paradis... avec les bottes de l'Auvergnat. Pourvu que le drôle ne vienne pas se mettre au travers de la partie carrée?

Babylas dîna d'un morceau de saucisson, but deux tasses de thé, passa son habit, et, voulant une discrète lumière, dans la nuit tombée, il n'alluma qu'une bougie.

A chaque froufrou entendu dans l'escalier, notre homme ressentait l'impression d'un grand frisson, allant de la plante des pieds à la hauteur de son dernier cheveu.

Enfin, neuf heures sonnées, on frappa discrètement à sa porte.

Son cœur bondit; il courut ouvrir.

Zoé apparut, svelte, en robe bleue, le corsage très échancré. Elle n'éprouva aucun embarras d'entrer chez ce garçon qui, précédemment, lui avait une cour assidue dans les coins. Ses yeux brillaient d'un singulier éclat.

Babylas ne regarda que ses yeux.

— D'être venue si tôt, vous êtes adorable... commença-t-il.

— Pas de déclaration, répondit Zoé, ou bien je retourne épucer Mouton... Je veux apprendre à danser, na... Dites-donc, vous allez être bon professeur?

— Aussi bon qu'on peut l'être avec...

Zoé lui donna un coup d'épaule.

— Monsieur Babylas, vous n'êtes pas sérieux pour quatre sous. Pourtant, ma mère vous tient pour un homme rangé, elle...

— Et vous ? questionna le musicien en lui prenant la taille.

Elle le repoussait.

— Non ; pas de familiarités, hein.

Le jeune homme se montra sévère.

— Comment voulez-vous que je vous apprenne à *valser* sans vous tenir ? Voyons, mademoiselle Zoé, n'allez pas croire... Les artistes, en général, des rêveurs, laissent dormir les jolies filles... Je dis, le dos à la muraille, les talons sur la même ligne. Parfait... Quelle frimousse, ma chère... Là, ne bougeons plus... Attendons que l'orchestre ait attaqué. Et nous comptons : *Un* pour glisser le pied droit, à droite... Soulevez-moi ce jupon qui m'empêche de voir la position. Ça va ! *Deux* pour glisser le pied gauche droit devant lui et le placer d'équerre... entre mes pieds... Oui, entre mes pieds ; vous voyez du mal à cela ?... Voyez, votre poitrine touche à mon corps... O Zoé...

— Monsieur Babylas, ne serrez pas .. On pourrait nous voir à travers les fenêtres...

— Mademoiselle, vous n'apprendrez pas à danser si vous empêchez, à chaque minute, le professeur d'exercer son métier. En valsant vite, je vous serrerai beaucoup moins fort. Je suis obligé de vous donner un point d'appui. A *trois*, vous pivotez sur la pointe des pieds ; et vous repartez du pied droit ; d'ailleurs, le cavalier doit vous conduire... Connaître simplement la mesure vous suffira.

Puis l'abandonnant :

— Exercez-vous seule à ce jeu de pirouette... Une,

deux, trois. Vous n'avez pas tourné assez rapidement. Recommençons ! Une... deux... trois... C'est mieux. Pliez un peu les genoux dans l'évolution... Attendez, je vais vous jouer au piano, très doucement.

Il joua la *Valse des roses.*

Zoé s'appliquait,

— Du goût, de la tenue, indiqua M. de la Grenouilleverte...Je crois que vous placez mal les genoux pour marcher... Ne faites pas attention... Je les tiens. Portez-les en dehors... Ça ne vous communique point une ...petite émotion ?... Oui. O Zoé !

— Monsieur Babylas... vous avez le diable au corps.

— Et je voudrais m'en débarrasser. Attention, Mademoiselle... une... deux... trois. Même mouvement, en vitesse. Au troisième, je vous prendrai. Surtout, tendez bien les bras.

Il la saisit, se mit à tourner, à tourbillonner, l'enlevant de terre, faisant former crinoline à ses jupons, effleurant vingt fois sa nuque de ses lèvres, lui murmurant un serment à l'oreille, la grisant en quelque sorte, d'une ivresse.

Quand il s'arrêta, Mlle Bidoche semblait rivée au corps de son cavalier. Elle croyait traverser un songe. Son âme palpitait de l'émotion la plus douce ; et ses beaux cheveux d'or, de forte senteur, couvraient ses épaules d'un ruissellement dont le musicien buvait l'onde avec des baisers.

M. de la Grenouilleverte transfiguré, la déposa au bord du divan.

Il allait lui avouer, de nouveau, son amour.

Dans la porte, des coups secs résonnaient.

— Il est refenu mochieu Papylassse que che vois un filet de lumière. Mochieu Papylassse, chest Langlumé qui vient chercher ses bottes... Mochieu Papylassse, chai besoin de mes bottes.

Stupéfaits, Zoé et le musicien s'entreregardaient en gens terrifiés.

— Me voilà déshonorée, murmurait Mlle Bidoche.

— Ouvrez à cet imbécile, pendant que je resterai caché derrière le piano. Dites-lui que je suis en voyage.

Babylas s'étant caché, la jeune fille tira les verrous de la porte.

— C'est encore vous, l'Auverpin... Le locataire voyage. Il est parti à Dunkerque recueillir le dernier soupir de sa marraine. Moi, je garde l'appartement, à cause des valeurs que M. de la Grenouilleverte n'emporte jamais dans ses déplacements. Vous reviendrez après-demain.

— Mes bottes... Chai besoin de mes bottes.

— Ici, je ne touche pas au mobilier. D'ailleurs, je n'ai pas vu de bottes. C'est bien à M. Babylas que vous réclamez des chaussures ?

— Fouch'tra, il me les a empruntées pour les mettre à la forme. Cha dure depuis trop longtemps... On che moque de moi. Che reviendrai demain matin. Si che me fâche, cha bardera.

Zoé le poussait dehors.

— Bonsoir, mon brave homme. Je parlerai pour

vous... Dites-donc, vous n'avez vu personne devant la loge?

— Chi... Mochieu Josse qui tape au carreau.

La jeune concierge descendit, remonta au bout de cinq minutes pour annoncer à Babylas resté tapi derrière un meuble :

— Une vraie chance. M. Josse veut bien garder la loge pendant que vous compléterez mon éducation... Voyez-vous ce singe qui vient nous déranger... Il y a de quoi l'envoyer à la guillotine... J'avais les meilleures dispositions. Sale Auvergnat!

Le piano recommença de donner la note discrète de la valse.

— Une... deux... trois, compta M. de la Grenouilleverte.

Et Zoé repartit, relevant un peu ses jupes pour mieux voir marcher ses pieds; et elle répéta, pendant que ses yeux s'allumaient :

— Une... deux... trois... Voyons, monsieur Babylas, êtes-vous content de la petite camarade?... Une, deux, trois; je glisse... Je ne croyais pas la chose aussi facile... Une, deux, trois, j'y suis. Quel plaisir de savoir danser... Plus vite la musique, beaucoup plus vite!

Mais, de nouveau, la fille aux cheveux d'or se sentit emportée; deux mains de fer nouaient sa taille; les poils de bouc de son cavalier lui chatouillaient le bout du nez; des pressions de genoux frottaient ses genoux; son sang s'échauffait, brûlait; et la danse infernale s'arrêtant, une voix clamait :

— Zoé, Zoé, la flamme de vos yeux a brûlé mon cœur... Zoé, vous êtes la plus adorable créature... Zoé, laissez-moi poser mes lèvres sur vos yeux. Zoé, je serai votre professeur, votre esclave, si vous consentez à m'aimer, ne fût-ce qu'un instant, qu'une minute... Comme cela... tient... ma petite Zoé... Je veux manger tes yeux dans un baiser.

Et la fille Bidoche s'abandonnait aux fantaisies du séducteur quand, derrière le divan, la tête pointue d'Eusèbe Josse apparut.

Le propriétaire breton était entré sans bruit par la porte laissée imprudemment ouverte.

— Mademoiselle Zoé, descendez-vite. On vient de rapporter votre mère à la loge. Elle est ivre comme la bourrique à Robespierre.

IV

LA PROMENADE AU BOIS.

Exactement, à trois heures vingt-cinq, la vaporeuse personne qu'était Goton de Présalé, déposait quelques onces de ses relents au seuil de l'antre dans lequel, semblable à une Gorgone, Rosalie Bidoche se tenait embusquée.

Le matou faillit se trouver mal.

Zoé, installée sur un tabouret, les pieds très hauts, ramena ses jupes dans la ligne basse.

Mame Pipelet achevait de nouer les brides de son chapeau.

— Superbe! s'écria la demi-mondaine, après l'avoir contemplée deux minutes durant. Vrai, quel cachet, ma chère... une taille... des bras...

Et s'approchant :

— Tiens, vous avez oublié de vous débarbouiller. Deux taches de graisse, là, près du nez... Zoé, aidez-donc votre mère, ma petite... On vous rapportera un bâton de sucre d'orge.

— J'aimerais mieux des bigoudis pour tenir mes poils follets.

— Eh bien, vous aurez des poils follets... Non, des bigoudis... Voyons, un peu d'eau chaude... une serviette. Nous sommes pressées. A quatre heures, le Copurchic arrive au Bois... Mon absence sera certainement remarquée.

La concierge déblaya son nez.

— Faites pas attention. Moi, je m'habille toujours avant de me débarbouiller. Grâce à cette méthode, je ne mouille ni ma chemise, ni mon estomac. Dame, j'ai l'estomac très sensible. Ça y est.

Et faisant une grave révérence :

— Madame la locataire du premier, je suis à vos ordres.

Goton prit la porte.

Rosalie recommandait à sa fille :

— Surtout, Zoé, garde bien la maison. Si des fois le propriétaire s'amenait, tu lui dirais que je suis partie à la Compagnie pour signaler une fuite de gaz dans l'escalier. Mais qu'il n'aille pas y mettre son nez, ça ne sent rien dans le jour... Ne t'amuse pas à faire la conversation ici avec des jeunes gens toujours prêts à pincer les genoux des demoiselles... Tu n'auras, ma fille, que ta vertu pour dot, et comme je ne peux pas y mettre une chaîne de sûreté, c'est à toi de la garder précieusement. Par exemple, je t'autorise à jouer la partie de dominos avec M. Josse. Si le bonhomme est gris, rafle-lui quelques pièces blanches ; ça te servira à t'acheter du chocolat... Raconte à M. Josse que Mme de Présalé m'a emmenée dans sa famille, près Nogent. Nous ne rentrerons pas tard. Ne t'ennuie pas ma petite Zoé.

Zoé promit d'exécuter à la lettre les instructions données.

Et, d'un regard triste, elle regarda s'éloigner les deux femmes, sa mère emboîtant le pas, un pas de canard, à la demi-mondaine.

L'ordinaire coupé de Mme de Présalé attendait à la porte.

Sur le trottoir, Goton se ganta pendant que le cocher à livrée noire rassemblait les rênes et penchait la tête pour mieux entendre les ordres.

La concierge tomba lourdement sur la banquette.

— Joseph, chez mon coiffeur, rue Cadet.

Les ménages d'employés et d'ouvriers occupant de petits appartements, rue du Delta, regardaient, à l'envie, Mme Bidoche et son amie, ayant pris les plus grands airs, des airs de duchesse.

— Nous allons nous faire donner un coup, déclara

Goton. J'avais d'abord pensé à vous faire jouer la duègne ; mais j'y renonce.

— Qu'est-ce que c'est qu'ça qu'une duègne ?

Mme de Présalé rit beaucoup.

— Comment, vous ne savez pas ?

— Expliquez-moi! Après, je saurai.

— Vérité de La Palisse... Sachez qu'en Espagne, les jeunes filles très bien, les senôras ne vont jamais à l'église ni à la promenade sans être accompagnées d'une femme âgée, sorte de gouvernante, qui sait éloigner les galants, rien qu'avec un regard.

— Elles remplacent la ceinture de chasteté, quoi ?

— Vous y êtes.

— Pas besoin d'une ceinture comme ça, pour vous.

Goton se croisa les jambes et les bras, en même temps.

— Ma vertu a culbuté par dessus les moulins, il y a belle lurette. Elle me gênait pour courir.

— Vous avez eu raison... Pourquoi aurai-je fait la duègne ?

— C'est pourtant facile à saisir.

— Eh bien, je ne sais pas du tout, moi.

— Vous auriez fait la duègne afin de me procurer un adorateur.

Mme Bidoche, en remuant, lâcha un bruit.

— Pardon, chère Madame... une alimentation d'haricots et l'étonnement m'ont fait pousser ce... soupir. La brise emporte l'odeur, heureusement... Vous n'avez pas d'adorateur, vous ?

— Le dernier en titre a cassé son écume de mer le...

ZOÉ, JE SERAI VOTRE PROFESSEUR....

— Voyons, voyons, fit Mme Bidoche agacée, qu'appelez-vous écume de mer?

Mme de Présalé rit jusqu'aux larmes.

— Sa pipe. Il a cassé sa pipe... Je suis un peu décadente.. L'habitude de fumer des cigarettes au Quartier latin. Vous vous habituerez, promptement...

— Alors, le brave homme est mort?

— Hélas! oui... Mort le 4 avril. D'ailleurs, c'est pour cela que je louais chez vous le 5. On m'expulsait de l'hôtel le 15... Des petits incidents, dans la vie... Je m'en console toujours... même quand je couche sous les ponts.

— Vous avez couché sous les ponts?

— Plusieurs fois... Je vous raconterai tout ça en allant au Bois... Passons chez le coiffeur. Ne dites pas que vous êtes concierge... Je vous précède. Joseph, attendez!

Goton s'engouffra dans un couloir, monta un petit escalier aux marches de bois recouvertes de drap vert; elle poussa violemment une porte.

Deux merlans, étalés au fond du salon, sur des banquettes recouvertes de velours grenat, se trouvèrent debout en même temps; et, derrière le comptoir, une jeune femme minauda:

— Bonjour, Madame de Présalé. Il y a longtemps que je n'ai eu le plaisir de vous voir.

— Je crois bien; j'étais en Espagne, à la foire de Séville... Je suis rentrée cette nuit, éreintée... Que les voyages sont fatigants.

Et, se tournant vers un garçon:

— Stanislas, vous allez me coiffer à la Cléo...

— Madame, ce n'est plus la mode, fit observer l'artiste capiliaire.

— Depuis quand?

— Depuis que le roi des Belges est rentré à Bruxelles.

La demi-mondaine exécuta le premier mouvement de la danse du ventre.

— Je m'en f...

Mais, revenant aussitôt sur une décision promptement prise.

— Une idée... Si je jouais à la pensionnaire? Madame Bérénice, je vous présente ma tante Sidonie...

La dame du comptoir s'inclina.

— Ma tante Sidonie de Dieppedalle, auprès La Bouille. Donc, je suis la nièce de ma tante Sidonie... Stanislas, regardez-moi...Plus près...N'ayez pas peur de toucher, espèce de morveux. Stanislas, vous qui avez du goût, dites-moi si une natte m'irait, me ferait paraître dans les quinze ou seize ans, en ayant la figure sans poudre.

— Madame serait adorable ainsi.

— Tu te paies mon boisseau, merlan de conserve.

Le jeune homme prit le parti de rire de cette injure.

— Son boisseau? son boisseau? répétait Mme Biboche interloquée.

— Ma tête, quoi, indiqua la cocotte. Vous ne comprendrez donc jamais rien?

La concierge, un peu humiliée, accepta le siège que lui offrait un garçon.

Goton commandait :

— Stanislas, raclez-moi la frimousse, répandez des couleurs, aux pommettes et aux lobes des oreilles... Pas de coups de crayon aux yeux... Et la natte nouée au bout, par un ruban blanc.

— Madame sera très bien, approuva la caissière.

— Rajeunie ?

— Pour sûr, appuya Stanislas qui préparait le peignoir.

Goton désigna Rosalie :

— Henri, vous vous occuperez de ma tante... Arrangez-lui une coiffure de son âge, qui aille bien sous son chapeau, lequel sent la province d'une lieue... Quelque chose d'ondé lui donnera un air sévère. Beaucoup de pommade ; et, comme parfum, de l'essence de lilas...

— Bien, Madame.

— Ma nièce, voilà joliment des frais... se défendit la concierge.

— Allons donc ; dans ma situation, quarante sous de plus ou de moins. Messieurs, faites-vite. Nous avons peu de temps à dépenser.

Les deux femmes sortirent transformées du salon de coiffure.

Dans l'escalier, Goton souffla à Rosalie :

— Maintenant, comprenez-vous ?...

— Pas encore.

— Je suis la pensionnaire sortie du couvent à l'occasion des fêtes de Pâques.

Pâques est passé depuis quinze jours.

— Ça m'est égal... Je vais me tenir les yeux pudiquement baissés ; vous prendrez, au contraire, un air d'autorité, et si, dans notre tournée, quelque monsieur, un vieux de préférence, à l'aspect cossu, vous adresse des signes d'intelligence, encouragez-le d'une légère inclination de tête, faites arrêter près d'un chalet... Et acceptez de bonne grâce le souper qu'on vous offrira, à vous et à votre nièce.

— Que se passera-t-il ensuite ?

— Vous me laisserez manœuvrer.

— Et je partirai ?

— Quand je dirai : « ma tante, il se fait tard. » L'exécution de ce plan vous paraît suffisamment facile ?

— Tout ce qu'il y a de plus facile. Cependant...

— Un embarras ? Parlez !

— Si vous ne trouviez pas le merle blanc ?

— Nous le trouverons ; autrement, vous écririez un petit bleu à M. Josse qui serait ravi de passer la soirée dans notre compagnie.

— Pourquoi n'avoir pas commencé par le débaucher ?

— Il sera toujours facile de le retrouver.

— Êtes-vous sûr qu'il ait de l'argent ?

— Mais oui.

— Qui vous prouve ?

— Il vient de recevoir quarante mille francs d'un bien vendu ; un chèque payable au Crédit Lyonnais ; j'ai vu, de mes yeux.

— Nous parlerons demain matin de cette affaire.

Le cocher reçut l'ordre de gagner le Bois par le boulevard Haussmann et l'avenue Friedland.

Goton prit l'air innocent d'une pensionnaire.

Pendant que la voiture roulait, la demi-mondaine livrait son passé à cette excellente Mme Bidoche :

— Je suis Bordelaise, oui, ma chère... A quinze ans, j'étais servante d'auberge à Pauillac, et j'avais déjà l'œil américain quand un capitaine au long cours s'avisa de me proposer un petit engagement. Un matin, avant le réveil de mes patrons, je déposais mon tablier sous la table ; et vogue la galère... En bateau jusqu'au Havre. Du Havre à Paris en chemin de fer... Et je croquai à mon vieux cinquante mille balles en deux ans. Une fois nettoyé, je le plantai là pour suivre un artiste de café-concert ; mais il fallait divorcer au bout de six semaines, à cause d'incompatibilité d'humeur ; l'artiste me rossait ; je chantai dans quelques bouibouis, sous le nom de Paulette ; je connus des bas, la vie atroce des filles obligées de ramasser leur pain au moyen d'ignobles complaisances. Cela m'ôta les derniers sentiments qu'on devrait trouver encore dans mon cœur.

En flânant au Louvre, je fus abordée par un Roumain qui me proposa de voyager. Usant de séduction, je l'amenai à se fixer à Paris. Nous dévorâmes en quelques mois des sommes considérables. Il mourut assez mystérieusement, d'une piqure d'épingle de cravate, me léguant, à vie, le service du coupé qui nous emporte.

A peine était-il enterré que je me mettais en ménage. Un employé de librairie, séduit par ma jeunesse, connut tous les déboires. Ensuite, habituée des Musics-hall, étoile de tous les Casinos, je cassai, de mes quenottes aiguës, des monceaux de louis. J'allais, suivant mes caprices, du noble à l'aventurier, de l'éphèbe au vieillard, sans souci d'amasser, heureuse de vivre, de me trouver toutes les nuits ivre de champagne.

— La grande noce... dit Rosalie amusée.

— Oui, la grande noce. Et je m'étais enfin fixée auprès d'un homme décidé à satisfaire tous mes caprices, lorsque, à la suite du krach des Mines d'or, M. du Pantalonnet se tua. Et sa famille s'empressa de me jeter hors de l'hôtel qu'il n'avait pas acheté à mon nom.

— C'est horrible.

— N'est-ce pas ?... Des gens sans cœur. Si bien que je me trouve dans la nécessité de jouer les ingénues, jusqu'au moment où je remonterai sur l'eau.

Rosalie bâilla.

— Remonter sur l'eau ?...

— Décidément, ma tante, le plus simple, le plus compréhensible argot vous laisse ahurie. Une concierge, pourtant...

Mme Bidoche battit des ailes.

— Je n'ai jamais fréquenté qu'un clerc d'huissier, un valet de chambre, un propriétaire et un cocher de fiacre.

Goton l'enveloppa d'un regard de pitié.

— Quatre seulement ?... Pauvre femme !

— Puis elle lui donna cet excellent conseil :

— Ma tante, il faudra compléter la demi-douzaine. Autrement, vous ne seriez pas une fille d'Eve et vous auriez, au moment de mourir, le regret de n'avoir pas assez vécu... Pardieu, vous êtes suffisamment appétissante pour mériter l'attention d'un viveur... Maintenant, de la tenue et des yeux.

La voiture traversait la place de l'Etoile.

C'était par une journée splendide, quand le soleil incendiait de ses feux les piliers de l'arc immense qui sert de seuil à la grande ville.

> Prodigieux témoin, qui hausse jusqu'aux cieux,
> Sur ses flancs de granit, le renom des aïeux...

a dit André Gill dans *La Muse à Bibi*.

Et, de la perspective dominant l'avenue du Bois de Boulogne, on voyait, dans la clarté chaude de l'après-midi, la voie au loin perdue sous le couvert des arbres ; les lignes noires et denses des équipages roulant au trot ; la verdure crue des peupliers ; des façades grises ou blanches d'hôtels aux balcons garnis de fleurs ; des perrons de marbre ; une fourmilière humaine défilant sur les bas côtés, par groupes.

L'écho répétait le bruit du roulement des huit ressorts, du grelot des bicyclettes, des cris d'enfants joyeux, des appels de nourrice, et, tout à coup, les sons éclatants de la trompette du mail-coach qui rentrait de Bagatelle ou de Longchamp.

Joseph modéra l'allure du pur-sang.

Mme Bidoche dévisagea les gens qui passaient.

Au contraire, Goton semblait ne rien voir, ne rien entendre. Elle ne répondait même pas au discret salut de quelques amies qui s'étonnaient bien un peu de la voir rajeunie et mise sous la surveillance d'une procureuse.

L'une d'elles lui jeta un sarcasme.

Il importait peu à Mme de Présalé qu'on trouvât sa conduite étrange.

Le coupé était arrivé au milieu de l'avenue lorsque Mame Pipelet se pencha vers l'aventurière.

— A gauche, dans un phaéton.

La vierge folle tourna lentement les yeux.

— Un monsieur très bien, indiqua le chevalier du cordon.

— Je vois... Un mulâtre... Beaucoup de bagues aux doigts... Un Américain du sud... type du rasta. Il nous poserait un lapin phénoménal. Cela serait un mauvais début.

Joseph reçut l'ordre de ralentir, pour laisser à la voiture qui emportait l'homme brun, le temps de s'éloigner.

A la grille du Bois, nouvelle confidence de Rosalie.

— Ce grand rouge... à bicyclette...

— Un peintre qui vend difficilement ses toiles... Il brûle pour moi... Il m'a écrit autrefois... Mettons-le au rang de Babylas... Les artistes sans le sou, c'est un article pour la voisine, celle qui raccommode les culottes et fait du sentiment.

— Vous connaissez donc tout le monde ?

— Nombre de gens.

La voiture tournait à gauche, pour gagner l'allée des acacias.

Une demi-ombre s'épandait dans le chemin ; la brise caressait mollement le feuillage des arbres. A travers les charmilles, des couples s'en allaient, chuchotant, l'homme hardi, la femme penchée vers lui, le duo d'amour, et leurs yeux s'allumaient tout à coup de flammes roses.

Mme de Présalé était devenue rêveuse, presque sombre.

Des souvenirs d'enfance, la vie tranquille, humble mais honnête, au foyer paternel, venait l'assaillir. La première folie lui apparaissait comme un crime ayant décidé de la damnation de sa vie.

Où échouerait sa misérable existence ?

Finirait-elle gorgée d'or, après avoir subi toutes les promiscuités, sous des lambris, entourée d'une valetaille quêtant, en protestation de dévouement, quelque grosse gratification ? Non ; plutôt chiffonnière, la hotte au dos, le crochet à la main, vautrée dans les ordures de la rue, sans que personne ne s'inquiétât de son sort, ni de ses plaintes, à l'heure qui précèderait la minute suprême.

Un frisson passa dans son sang.

Elle pensa :

— Là-bas, dans une petite maisonnette, au bord de la sapinière, ma mère attend le retour de sa fille... Tous les soirs, vers la route, elle doit regarder si une ombre ne paraît pas ; et elle se désole... Si j'allais...

Un coup de genou de Mme Bidoche la faisait sursauter.

Le rêve un moment caressé s'évanouit.

Ses yeux s'ouvrirent démesurément. Elle vit le Paris mondain la frôler. L'écho des fêtes bourdonna au fond de ses oreilles. Le souvenir d'une soirée où habillée seulement d'une ceinture de feuillages et portée en triomphe par des jeunes gens ivres, lui revint.

Elle voulait, elle devait vider de nouvelles coupes.

La concierge lui parlait.

— Cet homme au teint de brique... Pas trop vieux. . Superbe équipage.

L'ingénue jeta brusquement :

— Si vous le jugez digne...

— Votre avis ?

— J'ai trop mal à la tête pour décider.

Les lèvres de Rosalie restèrent pincées, un instant.

— Si des fois vous vouliez rentrer ?

Mme de Présalé regarda sa tante en face.

— Il faut pourtant que nous dînions ; et j'ai besoin de m'étourdir ce soir. Agissez donc à votre guise. Ma tante, je vous laisse conduire la barque.

— Nous aborderons à l'île enchantée.

— Si ce n'est dans le domaine du diable.

— Pouvez-vous croire ?

— Ne vous laissez pas surprendre.

La voiture de l'homme au teint de brique roulait à la hauteur de l'équipage de Goton. Les yeux de l'étranger restaient fixés sur l'ingénue ; il devait lui trouver une beauté idéale, un charme incomparable.

Mme Bidoche dit au cocher :

— Joseph, vous rangerez près de la cascade.

La voiture s'arrêta au bas du raidillon.

La pensionnaire minauda :

— Je voudrais bien monter au-dessus de la chute... C'est ravissant à voir cet écoulement des eaux... Si vous êtes fatiguée, j'irai seule... Oh ! pas longtemps...

Lestement, Goton descendit.

— Ne t'aventure pas, chérie... Prends bien garde aux chiens...

La demi-mondaine montait, à petits pas, le chemin qui conduit à l'établissement de la Cascade ; Joseph rangeait à la suite d'une file d'équipages ; Rosalie regardait en l'air.

— Pardonne, médême... C'est à vo, le joli petit demoiselle ?

Mme Bidoche feignit d'éprouver la plus vive surprise.

Et, s'appuyant sur son ombrelle, prenant des airs de grande dame :

— Qui êtes-vous, Monsieur, pour me parler ainsi ?

L'étranger lui tendit une carte.

Milord Crawford.

Manchester.

Rosalie s'inclina.

— Je ne me rappelle pas vous avoir jamais rencontré, monsieur. Cependant, je suis très répandue dans le monde, à Paris.

— Aho yès... approuva l'Anglais.

— Ma mémoire me fait défaut, sans doute.

— Je n'ai pas rencontré vo dans le monde... médême...

— Alors, pourquoi m'interpellez-vous ?

— Pardonne, mille fois pardonne. C'est à cause du petit demoiselle... très distingué, le petit demoiselle, oh yès... Je cherchai...

— Vous cherchez ?

— Moa cherché pension de family...

— De famille ?

— Yès, de famille... pour perfectionner moa dans la langue française.

— Et vous pensez que ma nièce ferait un excellent professeur ?

— La nièce à vo, oh yès ! Beaucoup instruit sans doute ?

— Oui, milord, Claudine possède de vastes connaissances. En chimie, pour faire disparaître les tâches ; en géographie, pour montrer où se trouve Monaco ; en calcul pour savoir que cinq louis font cent francs.

— Nô... Je ne comprenais pas très bien... Seulement, je devine que le petit demoiselle, il était beaucoup instruit...

— En ce cas, nous pourrions nous entendre.

— Yès, moa faire connaissance...

— Alors, remettons à demain de vous montrer le

family... On ne peut recevoir un homme de votre importance, au pied levé.

L'Anglais exultait.

— Vo, beaucoup désire faire honneur à moa.

— Ce soir, nous pourrions dîner au pavillon d'Armenonville.

En observant son interlocuteur, la concierge aurait pu voir que cette proposition le faisait rire jaune.

Il avait élaboré un autre plan, sans doute.

Mais, en homme habile, il se résignait à subir les exigences que Rosalie lui imposait.

— Yès... où il plaira à vo de conduire moa. . Nous ferons un petit fête pour nouer le connaissance. On dansera le gigue, oh yès.

Mame Pipelet pensa :

— Vraiment, nous ne pouvions mieux tomber.

Goton descendait de la cascade.

Elle baissa les yeux devant l'étranger, pendant que la concierge disait :

— Milord Crawford, de Manchester, qui nous offre à dîner, à huit heures frappant, dans un cabinet particulier, au pavillon d'Armenonville... J'ai pensé, Claudine, que tu ne refuserais pas si noble compagnie. Nous allons renvoyer la voiture. Milord nous prendra dans sa calèche. Acceptes-tu, mon enfant?

— Oui, ma tante.

. . . .

A dix heures du soir, l'Anglais à la recherche d'un family, aussi joyeux que peut l'être un homme ayant dîné à vingt-cinq francs par tête, regardait Mme de Présalé qui, au milieu d'un canapé, étalait sa petite personne ; il racontait les plus aimables choses qu'un habitant de Manchester peut raconter à une jolie Française, d'ailleurs disposée à tout entendre.

Un singulier bruit attira son attention.

Tombée de sa chaise sur la moquette du cabinet, Mme Bidoche, lestée de sept bouteilles de Saint-Emilion et de huit verres de chartreuse, poussait des sons inarticulés...

Goton proposa de l'expédier.

Deux garçons l'empoignèrent aux épaules et aux jambes et la déposèrent dans le premier fiacre qui stationnait devant le pavillon.

— Cocher, portez Madame au 74 de la rue du Delta ; la concierge de l'immeuble vous indiquera l'étage où elle perche.

De la fenêtre, l'Anglais et la demi-mondaine virent démarrer le cheval.

— Maintenant que nous sommes seuls, dit l'ancienne ingénue, payons-nous de la rigolade. Emile ! hurla-t-elle, du champagne, le meilleur !

V

SINGULIÈRE RENCONTRE

Cahin, caha, le fiacre roulait sous la voûte de feuillage. Il faisait nuit noire. Des ombres semblaient glisser à travers le bois. Une allumette enflammée mettait une longue étincelle de feu sous le dôme de verdure.

Le cocher, retirant de sa bouche une courte pipe, dite brûle-gueule, se retourna sur son siège, aperçut le paquet toujours immobile au milieu de la banquette.

— Hé, la particulière.

Ayant secoué la cendre de sa pipe.

— Elle en a une de ces muffées... Non vrai, une femme qui navigue dans les étoiles, ça n'a pas de galbe. Ce que la gaillarde a dû licher.., Tout de même, on aurait bien pû la coucher à Armenonville.

Il s'apitoyait :

— Tiens, si j'y collais ma houppelande sur le casaquin. Y a pas à dire, une créature qu'a trop pinté, ça peut claquer de congestion. Hue, cocotte.

Ses galoches, tombant à terre, firent un bruit effroyable.

Il étendit, avec précaution, son manteau sur Rosalie.

— Madame va pouvoir digérer son pomard...

Et le bruyant personnage se mit à chanter :

Alleluia,
Pendez not' chat,
Laissez not' chien
Y n'vous dira rien...
Ouf ! ouf ! ouf ! ouf !

— Cocher, cria une voix grave, vous ne pourriez par faire moins de potin...

La silhouette d'un garde se profilait au bout d'une petite route.

— De quoi? on n'a plus le droit maintenant de dire zut à la lune. Eh ben, mon colon, vous avez le blair mal placé.

— Cocher, vous pourriez être poli.

— J'vous appelle pas ressort à boudin, espèce de vieux colimaçon écorné... Parce que vous avez un cor de chasse à la casquette, vous croyez avoir pondu le Trocadéro. Allez donc voir si les merles ont des plumes de paon sous la queue, au lieu de m'embêter.

Le garda s'élança vers la voiture.

— Arrêtez, que je prenne votre numéro?

— Et ta sœur, est-ce qu'elle a un numéro? dis, vieille baudruche dégonflée, s'écria l'automédon qui enlevait cocotte d'un coup de fouet. Va donc, dormir dans le lierre, sangsue du gouvernement. Si j'avais le temps de t'administrer une raclée, tu verrais... J'peux pas. J'ai chargé!

Pendant que la voiture roulait grand train, le cocher monologuait :

— Dire qu'il y a dans la société une classe d'individus qui sont spécialement chargés d'embêter le pauvre monde... Si j'étais ministre un quart d'heure, j'enverrais tous ces employés qui bouffent notre bonne galette, sans trop turbiner, planter leurs chous à Madagascar... Là bas, le caquet leur tomberait. Voilà de la lumière. C'est pas trop tôt.

A PETITS PAS...

Une triple ligne de becs de gaz se dessinait devant lui.

La Porte-Maillot.

— Voyons mon client. Il est tranquille, comme Baptiste... Je n'aurai pas de mots avec lui... Bonne nature.

— Cocher, est-ce que vous attendez le jour ici ?

Un sergent de ville trouvait étrange qu'il s'arrêtât au milieu de la voie.

— Pas précisément, monsieur l'agent.

— Alors, videz la place.

— On y va ; on y va... Je faisais pas de mal, après tout.

— Assez de réflexions, hein... Ces cochers, quelle race !

— C'est de la race utile.... tandis que les sergots... Hue cocotte ! Plus vite, espèce de rosse. L'employé de M. le Préfet nous ferait mourir sur la paille humide des cachots. Bon, un cycliste... Si je l'écrasais pour me dédommager un peu ?

Il tira brusquement à gauche.

Voyant la voie coupée, le cycliste s'arrête instantanément, abandonne sa machine au bord du trottoir, arrive d'un bond sur le siège du cocher à qui il administre un formidable coup de poing.

— Tiens, Collignon, voilà ma carte de visite.

Puis il disparaît, menant la plus vive allure.

— Décidément, reprend l'automédon après avoir craché deux dents, Paris devient un enfer... Impossible de faire un pas sans rencontrer un garde, un agent ou un citoyen qui se promène sur deux roues... Autrefois, nous étions les maîtres de la rue. On écrasait au petit bonheur. Maintenant, vous n'avez plus le droit de regarder un vélocipédiste de travers. Mon client est toujours tranquille... Tudieu, ce que le cycliste a les doigts durs... Ça va enfler... Demain, j'aurai une bobine plus joufflue à droite qu'à gauche. Hue cocotte... Attention !

Un automobile lancé à toute vapeur rasa l'équipage.

— Quelque malandrin m'a jeté un sort... Nous allons rue du Delta par les boulevards extérieurs... La course est assez longue. Mon client ne réclame pas contre la lenteur... Si je le charriais trop vite, il aurait mal au cœur. Hue, cocotte !

Place Blanche, des étudiants voulurent prendre le fiacre d'assaut.

— Messieurs, dit le cocher, je ramène chez elle, une malheureuse femme en mal d'enfant ; je vous en prie, au nom de l'humanité, ne m'arrêtez pas.

Les étudiants s'écartèrent.

A onze heures et quart, la voiture s'arrêtait devant l'immeuble confié à la garde de Mme Bidoche.

— Il s'agit de faire reconnaître la locataire par le pipelet ; j'ai accepté là une singulière besogne. Ho ! la dame !

Le cocher secouait l'ivrognesse, d'importance.

Un grognement lui répondit :

— Vous ne pourriez pas dire l'étage ?

Quelque chose roula dans la gorge de la malade.

— Hein, attention de ne pas détériorer les banquettes. C'que c'est bête une femme paf; ça n'entend ni à hue ni à dia. Moi, quand j'ai pris une culotte, je vois clair et j'entends mieux qu'à jeun... Pas d'erreur, le plus court chemin pour sortir d'embarras est d'aller chercher le pipelet... Tiens, la porte ne ferme pas dans cette baraque...

Au fond de la loge, Eusèbe Josse sommeillait.

Il n'avait consenti à monter la garde, sur la prière de Zoé, qu'avec l'espoir de voir bientôt rentrer Mme de Présalé qui lui avait, à la soirée dramatique, lancé des œillades incendiaires.

La porte de la loge tourna doucement.

— Hé, c'est vous le concierge, petit père ?

Josse fit le mouvement d'un homme blessé dans son amour-propre.

— Pas précisément.

— Ous'qu'il perche le concierge ou la concierge ?

Josse regarda ce gros homme à tête d'Auvergnat encadrée d'épais favoris rouges qui portait une longue tunique couleur chocolat et un chapeau blanc.

— Elle ne perche pas; elle est à la campagne.

— Alors, vous êtes son remplaçant, vous ?

— Quelque chose de ce genre.

— Bon, vous allez me donner une indication. Tel que vous me voyez, je suis dans le plus grand embarras. J'ai chargé au Bois de Boulogne un locataire de cette maison qui ne peut plus dire deux...

— Un locataire ? répéta le propriétaire intrigué.

— Oui, un locataire, pas du genre mâle, de l'autre.

— Une dame?

— Vous l'avez dit. Elle est dans mon sapin, prête à jeter du cœur contre du carreau. Venez la voir.

M. Josse suivit le cocher.

Aux lueurs d'une lanterne que l'automédon avait décrochée, le propriétaire aperçut le visage livide de Rosalie.

— Ciel! Mais c'est la concierge que vous ramenez... Vit-elle encore?

Il lui tâta le pouls.

— Elle a une fièvre de cheval... Aidez-moi à la transporter dans son lit. Pauvre femme.

Le cocher la saisit par les pieds, en disant :

— Vous avez du temps de reste de vous apitoyer sur Madame. Fallait pas qu'elle boive... Si j'avais une femme pareille, je lui tannerais la peau avec le manche de mon fouet. Pouah, la dame sent un goût.

Eusèbe lui tenait la tête.

— Je crois qu'elle a lâché des choses...

Le cocher serra les narines.

— Pouah! Pouah! C'est un colis à désinfecter. Dites-donc, l'homme, vous qui faites les remplacements, vous pourrez laver la pipelette à grande eau. Gare à la porte. Mettons-là sur le lit... Hop! Maintenant...

M. Josse l'interrompit.

— Rendez-moi le service d'attendre une petite minute.

— Vous voulez donc m'employer toute la nuit?

— Non, cocher... Mais vous resterez ici pendant que j'irai prévenir Mlle Zoé.

— Qui qu'c'est qu'ça, Zoé ?

— La fille de la concierge.

— Elle est mariée dans l'immeuble, peut-être !

— Non, elle prend des leçons de danse chez un locataire. Je ne serai qu'un instant. Gardez bien Mme Bidoche...

Et le propriétaire sortit.

Le cocher ouvrait démesurément les yeux.

— Mme Bidoche, il a dit Mme Bidoche ?... Est-ce que par le plus grand des hasards, j'aurais trimballé dans ma guimbarde la petite Rosalie Traversin, native d'Aurillac ? Voyons.

D'une poigne vigoureuse, il ramena la dame de compagnie de Goton au bord du lit, souleva la tête et poussa une exclamation.

— Sapristi... Je reconnais la particulière... Cette bonne Rosalie dont j'étais toqué... Il y a dans les dix-huit ans qu'on ne s'était pas vu... Hélas ! ma jeunesse. Nous avions tiré des bordées pendant deux mois... Bidoche ne remplissait pas tous ses devoirs... Alors, je donnais un coup de main. Jamais, je n'ai trouvé, depuis, une femme aussi... affectueuse... Oui, ce que je l'ai regrettée, pleurée, ma Rosalie... la cherchant partout. Et nous nous retrouvons nez à nez dans des circonstances... Bidoche doit avoir cassé sa pipe... C'est probablement le vieux perroquet parti chercher Zoé qui le remplace. Minute, mon bonhomme, je vais réclamer mes anciens droits et t'expulser dare-dare.

Se penchant vers Mame Pipelet.

— Rosalie... Rosalie... C'est ton petit Michel... La pauvre enfant... Elle a été la victime de quelque mauvais plaisant... Saoûler une femme, comme c'est malin... Si je connaissais le drôle... Rosalie... le petit Michel est là...

Michel la secouant, lui agitait les jambes.

Tout à coup, il retira sa main droite.

— Ces sacrés noceurs ont poussé la plaisanterie trop loin... Ils lui ont mis de la moutarde sur ses jarretières... Si c'était pas de la moutarde ?... Ça vous a un parfum... Hum.

Il essuya ses doigts, avec intention, sur le verrou du bec de gaz.

Mme Bidoche râlait.

— A boire... un... petit... coup.

Michel lui répondit :

— Oui, ma poulette chérie, tu auras de la tisane, tout à l'heure... C'est ton petit Michel qui te le promet...

Elle balbutia :

— Mi... chel

— Voyons, tu te souviens bien... Michel Ladéroute... Les parties dans le bois de Meudon... Michel qui t'aimait tant.

Mame Pipelet rendit un jet de liquide.

— Attention, poulette. Tu détériores ma casaque... T'as bu un coup de trop... On va te soigner.

Justement, Zoé entrait en coup de vent.

— Maman est malade. Que s'est-il passé, grand Dieu !

La longue tête de M. Josse apparut derrière les cheveux d'or de Mlle Bidoche.

Le propriétaire recommanda :

— Vite mademoiselle, de l'eau sucrée... Ensuite, un peu de thé... On pourrait aller chercher le médecin.

Quant au cocher, il restait bouche bée.

Il avait reconnu, dans Zoé Bidoche, son portrait à dix-huit ans.

— Pas possible... Vous seriez... le fruit de...

Zoé l'arrêta net.

— Qu'est-ce qui vous prend, cocher ? Vous avez ramené maman ; après ?

— Ma chère enfant... je...

— Pas de familiarités, hein... On vous a assez vu...

Josse recommanda à la jeune fille :

— Mademoiselle, ayez des égards envers ce brave homme. Plusieurs, à sa place, n'auraient pas accepté la corvée de ramener Mme Bidoche.

— Eh bien, c'est entendu, vous êtes un brave homme, cocher... Mais, de grâce, videz la place... Monsieur Josse suffira à m'aider.

Michel se retira.

— Je reviendrai demain, annonça-t-il, prendre des nouvelles de la malade.

Et il pesta, à part lui :

— Cette jeune personne, dont je me montrais déjà

fier, a l'air d'une pimbèche, bonne à tout faire, excepté le bien... Elle traînait, dans les étages, pendant que Rosalie prenait sa cuite... Rosalie, tu perds dans mon estime d'avoir élevé ta fille pareillement... Je viendrai demain réclamer ma course... Adieu mes projets de m'installer ici.

Remonté sur son siège, il fouetta Cocotte à tour de bras.

Zoé poussait des exclamations.

— Mince ! Quelle pistache ! Ma petite mère, tu t'es mise dans un état... Monsieur Josse, donnez plus de lumière.

Le vieux garçon essuya, du pouce et de l'index, la matière formant mastic autour du verrou.

— Saperlipopette... vous avez donc mangé du boudin ?

— Du boudin ? interrogea Zoé en tournant la tête.

— Il y a de la moutarde partout.

— On n'a pas acheté de la moutarde depuis deux mois. Sentez un peu.

Josse approcha ses doigts de ses narines.

— Malheur, va ; c'est de la... mélasse.

Zoé se tint les côtes, une minute.

— Monsieur Josse, vous aurez de la chance, prochainement. Mais occupons-nous de maman Bidoche... Elle ouvre les yeux. Faites face en arrière, mon brave homme, que je déshabille votre concierge... Fist... Elle est dans une position. Vous savez, ça a marché par les deux bouts... Quelle horreur... Du coup, elle est purgée.

Il me faudrait un seau d'eau.

— Je cours à la pompe.

Revenu, elle le pria :

— Allez donc éteindre le gaz dans les escaliers. N'oubliez pas au fond du couloir de l'escalier C, tout au fond, et ne vous attardez point chez Coralie, la noire qui reçoit à toute heure les vieux messieurs.

— Je préfère rester auprès de vous, mademoiselle Zoé.

— C'est gentil. Trottez un peu.

— Et j'aurai pour récompense ?

— Monsieur Josse, je vous embrasserai au premier janvier.

Tandis qu'il éteignait le gaz, Zoé lavait Mme Bidoche à grande eau, derrière le lit, et la mettait entre les draps, bien doucement.

L'ivrognesse reprenait ses sens.

— Où suis-je ?

— Chez toi, maman.

— La voix de Zoé ; je ne me trompe pas ?

— Non, maman.

— Ma petite Zoé... Je suis bien malade.

— Oh ! ça va mieux...

— J'ai un poids sur l'estomac... Donne-moi à boire, Zoé... On a voulu me faire mourir... L'Anglais... La Présalé... Je veux boire.

— Dans cinq minutes, vous aurez du thé...

— Les étourdissements me reprennent.

Zoé la dorlottait.

— Fermez les yeux... Ne vous préoccupez de rien... C'est un petit malheur.

En effet, elle ferma les yeux.

Josse, en rentrant, constata que le visage de Mame Pipelet reprenait des couleurs. Il demanda la permission de se retirer.

— Certainement, vous avez assez travaillé pour nous. En montant, dites à M. Babylas de se rassurer, que mère va mieux.

— S'il me parlait de sa voisine?

— Mme de Présalé?

— N'est-ce pas sa voisine?

— Si. Dites-lui qu'elle est au théâtre ou à la campagne. Je ne sais quand elle rentrera. Cela vous préoccupe, peut-être?

Le vieux garçon regarda Zoé en dessous.

— Mme de Présalé vous a tapé dans l'œil... A votre âge?... Fi donc! Allez vous coucher!

Et, jusqu'au matin, la jeune fille aux cheveux d'or donna à Mme Bidoche, les soins que réclamait son état.

Rosalie s'éveilla tard, ayant la bouche pâteuse et la tête lourde.

Le souvenir de sa débauche vint l'assaillir.

Elle allait demander à sa fille ce qui s'était passé depuis son retour, lorsque dans l'encadrement de la porte, une épaisse silhouette s'encadra.

— Zoé, ma petite fille chérie, va me chercher de la fleur de sureau à la pharmacie de la place Blanche.

Zoé jeta un regard vipérin au cocher qui entrait.

— Comment ça va-t-il, aujourd'hui? Il me semble qu'on a bien changé depuis hier...

Mlle Bidoche faisait claquer le porte.

— Et encore plus depuis le temps où... Ma bonne Rosalie... Tu n'as pas regretté ton petit Michel!

— Oh si... va.

Le cocher prit les mains de Mme Bidoche.

— À la bonne heure... Seulement, je ne m'explique pas encore notre séparation... Je ne savais pas où tu demeurais, discrétion de femme mariée, ça se comprend, à la rigueur... Et le jour où nous avions pris rendez-vous pour aller à Saint-Germain, je t'attendis toute l'après-midi... Je revins plusieurs fois à la même heure, les jours suivants... Rien... J'étais toqué de ta personne... Je partis en province faire un service de château... Quand je rappliquai à Paris, cinq ans plus tard, je demandais ma petite Rosalie à tous les échos.

— Une fantaisie de mon patron m'avait retenue. Depuis j'ai eu bien des traverses...

— Bidoche s'est en allé?

— C'est une sauce au caramel qui l'a étouffé, le pauvre homme.

— Si bien que tu es libre... Moi, je suis resté garçon... J'ai pas toujours été content de mon sort... Il y a de fichus moments dans la vie... Dis-moi, ta jeune fille...

— Que veux-tu dire?

— Elle n'a pas quelque chose de ton petit Michel?

Mame Pipelet se récria:

— Tu plaisantes... Tous mes enfants sont de Bidoche... J'ai des preuves convaincantes... Ne va pas chercher à m'influencer... parce que tu m'as rendu service hier.

— Rosalie, je ne réclame pas pour ce service.

— Tu as cru ramener une femme débauchée. Erreur, mon ami... Il m'est arrivé un accident... Des gens avec lesquels je dînais ont versé une drogue dans mon vin... Ma tête a tourné. On m'a jeté dans une voiture comme un paquet de linge sale... Je n'ai pas manqué à mes devoirs de mère ni de concierge.

Michel devint insinuant.

— Voyons, ma petite Rosalie, si tu es veuve... On pourrait renouveler connaissance... Oh! pour le bon motif... Si ta place est lucrative, je m'installerais ici... Sois tranquille, je ne tiendrai pas beaucoup de place.

Du coup, Mame Pipelet oublia ses douleurs d'estomac.

— Tu veux t'installer chez moi? Je n'aurais pas mal entendu, quelquefois? Nos trente ans sont loin... Michel... Au tour de Zoé de courir les sentiers fleuris, quand le cœur lui en dira... Moi je me contente d'embêter les locataires.

Le cocher feignit l'attendrissement.

— Tu vas me laisser le cœur tout meurtri.

Elle railla :

— Un cocher de fiacre qui a du cœur, c'est aussi rare que de voir du poil à une grenouille... Autrefois, tu m'as conté des histoires amusantes, parce que j'étais jeune et coquette. Depuis, il a passé de l'eau sous les ponts... J'en pince pour la boustifaille... Par ailleurs, bernique... Alors, mon vieux Michel, contente-toi de m'avoir revue... Mais pas la peine d'insister. Rien à faire ici.

Le cocher était debout, blême.

— Je comprends... Tu as pris des engagements.

— Pris des engagements, moi? Et avec qui donc?

— Avec le vieux perroquet qui gardait la loge hier soir... Tout de suite, je me suis aperçu que c'était l'homme en titre... Je ne te réclame pas ma course, Rosalie, adieu !

Il se dit :

— Je vais m'arranger pour trouver M. Josse dans un coin et lui casser les reins... Il peut faire son testament.

A l'instant, un homme tout noir se précipita dans le corridor; et le charbonnier criait à Babylas qui le poursuivait, le menaçait d'une matraque :

— Bandit! Voleur! Assassin!

Une scène dramatique venait d'avoir lieu entre les deux hommes.

VI

ENCORE LES BOTTES

M. de la Grenouilleverte était resté anéanti en voyant que, par le retour inopiné de Mme Bidoche, Zoé lui échappait encore.

A sa place, soit intérêt, soit curiosité, d'autres eussent suivi le cotillon de la belle aux cheveux d'or, afin de constater en quel état se trouvait l'ancienne bonne à tout faire de M. Goussedail.

Le pauvre diable étendait les bras.

— Dire que je touchais au ciel... J'allais revivre l'amour d'Adèle, celle qui passa dans ma vie comme un météore éblouissant... Celle dont le regard me poursuit... Allons, Babylas, il y a un malin esprit chargé de contrecarrer tes projets.

Il retira ses bottes.

— Perdue, ma soirée.

Se promenant, en chaussettes, autour du piano, il monologua, se jurant de ne pas achever son opéra avant que Zoé n'ait remplacé l'idéale personne dont il regrettait toujours la disparition.

Occupé à préparer le plan le plus machiavélique, il n'entendit pas frapper à sa porte.

M. Josse entra sur la pointe des pieds.

— Monsieur le musicien, c'était pour vous dire que la maman Bidoche éprouvait un mieux sensible. Elle avait dîné pour quatre jours. Sa fille était si bien auprès de vous... Je crois, mon garçon...

Babylas roula des yeux terribles.

— Vous croyez que...

— Monsieur de la Grenouillecarrée.

— De la Grenouilleverte, rectifia le bohème, si vous n'y voyez pas d'inconvénient?

— Aucun inconvénient... Un bien beau nom.

— Vous vous tirez en prenant de la largeur.

Eusèbe marqua l'étonnement le plus profond.

— Plaît-il, monsieur de la Grenouille...

— Je dis que vous êtes un malin, issu de Normand ou de Gascon. Cependant, vous me direz la pensée ayant traversé votre esprit lorsque vous trouvâtes la charmante Zoé établissant avec moi une communication.

— Hé, j'ai pensé que la petite s'amusait énormément... D'abord, j'avais favorisé votre entretien en gardant la loge, pas vrai ?

Babylas lui serra les mains à les écraser.

— C'est vrai. J'allais méconnaître les services d'un véritable ami. Comptez, à présent, sur ma reconnaissance la plus étroite. En revanche, puis-je vous être utile ou agréable ?

Les lèvres du propriétaire remuèrent plusieurs fois avant qu'il ne parlât.

— Dame, dame... Il m'a passé par le cerveau une idée bizarre.

Babylas avoua :

— Si c'est compliqué, je ne comprendrai pas.

— Pardon, monsieur de la Grenouilleverte, vous comprendrez facilement... très facilement... Je voudrais... comment vous dire ça ?... Car vous avez des principes... Enfin, vous ne me mangerez pas ; je voudrais être recommandé tout spécialement à la bienveillante attention de Mme de Présalé...

— Bah ! Je vous croyais un homme rangé des voitures ?

— Un célibataire qui a besoin de se divertir... Vous pouvez dire à la belle dame...

Il cherchait ses mots.

— La prier de vous ouvrir sa porte.

— De l'entr'ouvrir seulement.

— Avant ou après minuit ?

— A l'heure qu'il lui plaira de choisir... Vous voyez combien je suis peu exigeant... Et je garderai une discrétion.

— C'est le moyen d'emporter la place.

M. Josse resta abasourdi.

— Je n'emporterai rien ; c'est pas dans mes habitudes.

Le musicien sourit.

— Bon. Dès en présent, je prends vos intérêts... Je vous promets de plaider chaleureusement... Mme de Présalé n'est pas une vulgaire cocotte se laissant imposer, contre prix à débattre, le premier venu. J'attendrai un moment de bonne humeur qu'elle montrera pour présenter votre candidature, mon cher monsieur Josse. Je ne vous retiens plus.

Le propriétaire se retira.

— Quel rasoir ! dit Babylas. Imbécile qui ne sait pas où verser ses écus... La voisine doit avoir un sac où les empiler. Il se fait tard. Si je me couchais ?

Tout à coup il se souvint :

— Et mes grogs ?

Sa longue et maigre personne disparut dans l'ombre d'une petite cuisine. Il en sortit, tenant une casserole d'une main et un verre de l'autre.

ET SE LAISSANT CHOIR......

— Je boirai froid. Tant pis!

Il se versa à boire.

— A la santé de Zoé la rousse... A la santé de nos amours futures...

Il réfléchit avant de reprendre :

— Sera-ce demain, dans quinze jours, dans un an... ou dans l'éternité, si les âmes ont des lèvres pour boire des baisers ?

La dernière goutte du liquide bue, M. de la Grenouilleverte passa dans sa chambre.

Un lit de fer la meublait.

Les ressorts du sommier, bien aplatis, résonnèrent d'un singulier bruit sous le choc d'un corps écroulé brusquement.

Cinq minutes plus tard, les yeux du musicien étaient fermés. L'homme ronflait, à effrayer les punaises qui s'acharnaient à vouloir, de sa peau, tirer quelques gouttes de sang.

Il dormit longtemps.

Quand il se frotta les yeux, ordinaire besogne qui suivait son réveil à deux minutes d'intervalle, on menait, devant sa porte, le plus grand tapage.

— Oh! pensa-t-il, Langlumé est encore à la recherche de ses bottes. Mon vieux, elles n'écorcheront pas tout de suite tes ripatons. Quelle bêtise de me déchausser à ton profit...

Babylas s'enveloppa d'une robe de chambre au lainage passé, glissa les pieds dans ses savates au milieu desquelles il avait craché, la veille, par inadvertance, et, passant dans la salle à manger, — il laissa l'Auvergnat se morfondre au seuil, rageant contre l'huis hermétiquement clos, jusqu'au moment où Zoé, montant des lettres à l'étage supérieur, lui annonça :

— Môssieu Fouch'tra, vous ne savez donc pas que notre illustre musicien est à prendre son bain...

— Che fais le retroufer... Che lui ferai avaler la paignoire ch'il ne me rend pas mes bottes. Che vous dis qu'il me rendra mes bottes... Autrement... Hé, mademoichelle, où môchieu Papylasse prend son bain?

— A la Samaritaine.

— Où cha perche, cha?

— Près le Pont Neuf...

— Merchi. Che fais retrouver mes bottes.

Babylas était ravi.

— Le temps qu'il aille à la Samaritaine... je prendrai certaines dispositions. En voilà un animal qui ne me laissera jamais tranquille. Il est enragé, ma parole !

Il écouta.

— Plus rien .. Si... Mme de Présalé marche dans son salon...

Babylas appuya son oreille à la hauteur du trou de la serrure.

— Elle marche vite... sans doute pour user ses nerfs... Ce n'est pas le moment de recommander M. Josse... La musique calme les gens enragés. Je vais lui jouer, « As-tu vu la lune ?... »

L'air populaire éclata, vibrant, sous les doigts du compositeur.

— Assez, mon cher! cria une voix aiguë... Ouvrez! J'ai besoin de vous parler, tout de suite!

Babylas s'empressa d'ouvrir.

Goton lui apparut la mine défaite, en négligé; et, se laissant choir au milieu du divan :

— Mon cher voisin, je suis dans de beaux draps... Il faut que je vous raconte mes aventures...

— Elle est folle, pensa M. de la Grenouilleverte.

Mme de Présalé poursuivit :

— Je vous avais dit, si j'ai bonne mémoire, que nous allions, la concierge et moi, faire, hier dimanche, une partie de plaisir.

— En effet, chère Madame, déclara le compositeur étonné que la cocotte ne le tutoyât plus.

— Cela devait favoriser, en même temps, certain projet combiné par vous, aux dépens de la vertu de Zoé... Aussi, je pense que vous avez...

M. de Grenouilleverte hocha la tête.

— Néant.

— Chou blanc! C'est à recommencer. Vous trouverez bien l'occasion. Quant à moi, je me fourvoyai donc avec cette concierge de malheur. Je la fis débarbouiller et coiffer, en lui laissant le soin, car je la croyais habile, de laisser des gens vraiment chics nous aborder au Bois... Vous ne savez pas ce qu'elle fit, cette rosse?... Ah! mais je vous le donne en mille.

— Je ne vois pas.

— Elle nous engagea auprès d'un rastaquouère qui puait l'aventurier d'une lieue, m'assurant que c'était un ami de son propriétaire... Bref, je me laissai embobiner, en bonne fille... Et nous allâmes à Armenonville.

— Où Mme Bidoche prit une biture.

— Je vous crois. La coquine avait dans la panse, quand on l'a rapportée : trois apéritifs, sept bouteilles de vin, un carafon de rhum et des liqueurs, un litre de liqueurs.

— Mince de gosier.

— Pas un gosier, une chaussette. Ivre-morte, le rasta qui se faisait appeler milord Crawford, commandait de la renvoyer à destination de sa loge, et il devenait, auprès de moi, plus aimable. Le flegme britannique disparaissait tout à coup. Il ordonna de joncher une chambre de fleurs... Je devrais vous taire ces détails...

La curiosité tenaillait Babylas.

— Au contraire... Je tiens à tout apprendre, si, toutefois, vous ne voyez pas d'inconvénient, en soulevant le voile ?

— Des inconvénients ? Je ne veux pas avoir de secrets pour un ami.

— Merci de cette confiance.

— Alors, je disais...

— Que la chambre était jonchée de fleurs... A votre entrée, le chant de la *marche nuptiale* retentissait, joué par une musique invisible...

Mme de Présalé lui mit une main sur la bouche.

— Pas tant de lyrisme, mon cher... Les créatures de mon espèce n'ont plus les illusions de Zoé... On vend ses attentions au dernier enchérisseur; on écoute le tintement de l'or. Le reste, ça ne compte point. Nous voilà dans la chambre. J'avais sifflé du champagne, selon mon habitude, pour taire des répugnances qui me prennent parfois... Ma tête lourde s'affaissa bientôt... j'éprouvais un singulier étourdissement... Malgré les plus violents efforts, mes paupières ne pouvaient plus s'ouvrir... Une souffrance aiguë criait dans ma chair... Cette souffrance dura des heures.

Je ne repris mes sens que ce matin. Restée habillée, j'avais devant moi les garçons du restaurant. L'étranger n'était plus là... La fenêtre ouverte sur le jardin indiquait le chemin pris par celui qui devait être mon amant. Le misérable avait coupé la chaîne qui tenait mon nécessaire suspendu : ma bourse renfermant quatre cents francs, un miroir, un couteau et un porte-mine, le tout en or... S'était-il servi de chloroforme pour m'endormir, ou de narcotique ? Je ne sais... Je restais avec la note à payer. Il me fallut laisser à la caisse les diamants rivés aux boucles de mes jarretières ; et je suis rentrée la tête basse...

— Mais il faut porter plainte.

Goton laissa retomber ses bras, de découragement.

— Une fille comme moi ne se plaint pas... Mon métier est de dépouiller les naïfs.. Si je perds au jeu, tant pis... Toutefois, si la concierge avait veillé, je sauvais mes dernières économies.

M. de la Grenouilleverte s'étonna.

— Comment ! Plus le sou ?

— Je vais chercher des ressources... Ne pourriez-vous pas ?...

Babylas regarda au fond de sa bourse :

— Hélas ! gémit le bohème, quatre francs cinquante.

Mme de Présalé se mit à marcher.

— Allons, Victoire prendra sur ses économies pour alimenter la table. Dès ce soir, je me mettrai en campagne... Quant à la concierge, elle se repentira de sa conduite...

Babylas jugea que le moment d'intervenir était venu.

— Chère Madame... la pipelette est plutôt d'une intelligence bornée ; votre bienveillance envers elle a été trop loin... Il fallait la laisser continuer ses travaux de mercenaire... Plusieurs fois aussi, j'ai eu à me plaindre de ses procédés... Cependant, je ne l'ai pas fait.

— Je comprends... Vous qui voulez devenir son gendre de la main... gauche.

Le musicien ne se froissa point.

— Zoé vaut-elle, après tout, le prix d'une concession ? Hors d'ici, je trouverais une rouge aux yeux brillants.

— C'est juste, il n'y a qu'à chercher... Vous cherchez un idéal ?

— On commet des folies à tout âge.

— Je m'en aperçois... Alors, par intérêt, je ne dois pas déclarer la guerre à Mme Bidoche ?

— Pour deux raisons.

Goton resta une minute la tête penchée, avant de demander :

— La première de ces raisons, mon cher ?

— Goussedail, propriétaire de l'immeuble, lui a donné l'ordre de signifier congé à toutes les petites femmes qui... Rosalie en userait certainement avec vous si des difficultés survenaient... Et je serais mortifié de perdre une si charmante voisine ?... En feignant de lui pardonner son erreur d'hier, vous restez placée sous sa protection... et ce qu'elle veut, le proprio le veut.

— Merci du renseignement. Le conseil est sage. Je lui dirai que milord Crawford a été charmant et généreux.

— Bonne diplomatie.

— Et quant à la seconde raison ?

— Elle est d'un genre plutôt délicat...

— Mais je suis prête à tout entendre. Parlez sans crainte de me froisser. Vous êtes mon ami et mon conseil. Je suis, actuellement, la naufragée cherchant autour d'elle un secours capable de la porter au rivage... Vous serez le pilote bienveillant.

— Quittons les allégories, chère Madame.

— Revenons sur terre, au milieu des misères humaines, parmi ceux qui, en s'éveillant le matin, se demandent s'ils mangeront le soir.

— Oui, rentrons dans la loge de Mme Bidoche.

Le visage de Goton exprima le dégoût. Néanmoins elle écoutait.

— Dans ce lieu infect, poursuivit le musicien, entre les senteurs de la rousse Zoé et le goût qui se dégage des « oublis » du matou, s'épanouit un personnage capable de redorer le blason de Mme de Présalé... Or, cet homme n'agit que sur les conseils de la concierge... La fuir ou la quereller serait renoncer aux avantages qu'une femme habile peut tirer de M. Josse.

— Dites-donc, vous croyez que ce Breton est malléable ?

— Tout ce qu'il y a de plus malléable.

— Voulez-vous me permettre d'en douter ?

— Je détruirai ce doute à l'instant.

— Par quel moyen ?

— Hier soir, M. Josse est venu me prier de le recommander à votre attention.

Il se dit prêt à consentir les plus grands sacrifices si vous voulez vous occuper de sa personne. Le rustre n'a jamais vécu que dans ses terres, entre des servantes puantes... Votre chic lui a donné le coup de foudre. Il faut, à mon avis, préparer votre domination.

— Etes-vous sûr qu'il ne me jouera pas, en paysan madré ?

— Ne faites pas crédit.

— Mon cher, chez la plupart des hommes, les faveurs se paient comme les billets : le plus tard possible.

— Josse vient de vendre une ferme ; il a dû encaisser. D'ailleurs, Mme Bidoche vous renseignera.

— Elle m'a renseignée hier... Le filon est d'or... La tête importe peu dans ces sortes de marchés... Mais je ne sais comment je pourrai m'acquitter envers vous.

— Soyez tranquille. De vous voir à l'aise, je m'estimerai heureux. Ainsi, c'est convenu, vous irez prendre, ce soir, des nouvelles de la concierge. Demain, vous *flânerez* dans la loge, jusqu'à l'apparition du Breton qui, tout de suite, vous proposera une promenade à Suresnes... Allez-y carrément, si prosaïque que cela vous puisse paraître.

Mme de Présalé prit les mains de Babylas.

— Vous êtes un grand génie, Monsieur de la Grenouilleverte. Sans vous, j'allais faire des bêtises, mettre ma pendule au clou et pleurer sur mes péchés ... Vous êtes un grand génie !

Il se défendit, humblement.

— Je suis un pauvre musicien.

Il la reconduisait jusqu'à la porte. Puis, s'effaçant :

— Chère Madame, je vous laisse prendre les dispositions pouvant assurer le bien être de votre avenir... J'ai charge de besogne... A bientôt !

Les yeux de la demi-mondaine s'arrêtèrent sur ses yeux, pendant dix secondes.

— A bientôt...

La porte tourna.

Babylas se livra à de graves réflexions. Un sujet complexe vrillait son cerveau.

— Un homme ayant mon éducation doit-il se

montrer dans la rue, à trois heures du soir, en savates ?

Une voix lui criait — Non !

Une autre voix répondait, parlait plus haut, disait :

— Pourquoi pas ?

Il écouta cette voix.

Ayant enveloppé dans un journal de grand format, les bottes de Langlumé — qui ne pouvait tarder à revenir — Babylas se glissa, après avoir fureté du regard, jusqu'au bas de l'escalier, sur les marches. Au grand étonnement de Zoé, il passa rapidement devant la loge; il suivit la rue du Delta, à droite, vers le faubourg Poissonnière qu'il descendit pour s'arrêter, rue de Dunkerque, devant l'échope d'un marchand de chaussures d'occasion.

Derrière la vitrine, un gros homme raccommodait des brodequins.

— Peut-on vous proposer une affaire ? Un parent de province m'a légué ses bottes avec des nippes... Les bottes me sont trop grandes. Du 44, pensez... Vous n'auriez pas un 42, moins bon... Nous ferions l'échange.

Le cordonnier prit les chaussures et les examina.

— Elles sont bonnes.

Puis, après avoir consulté un livre barbouillé de notes :

— J'ai du 42. Si ça peut faire votre bonheur.

Il sortit des bottes ressemelées, d'un tas de tiges.

Babylas les enveloppa.

— Merci ! A la prochaine occasion.

Et il remonta chez lui, à la hâte, heureux de n'avoir pas rencontré son Auvergnat.

— Maintenant, Langlumé, tu peux venir... On te montrera *mes* bottes.

Par la fenêtre ouverte, les éclats de voix de l'Auvergnat arrivaient.

— Mademoichelle Zoé, vous m'afez trompé ; che n'est pas bien... Môchieu Papylassse y n'était pas à la Chamaritaine... Chai attendu la chortie de tous les paigneurs. J'en ai eu une pachienche... Faut pourtant que che retrouve mes bottes... On ne baptisera point le fieu à Chayouchac tant que che n'aurait pas retrouvé mes bottes... Je chui le parrain.

— Pourquoi n'en achetez-vous pas une autre paire? répondit Mlle Bidoche. En rentrant de voyage, M. de la Grenouilleverte vous rendra votre bien,

— Il n'est donc pas rentré, môchieu Papylassse ?

— Puisque vous ne l'avez pas trouvé au bain, son voyage continue...

Le musicien mit fin à cette scène.

Se penchant au bord de la fenêtre.

— Langlumé, mon cher Langlumé, je viens de rentrer à l'instant. Montez donc !

— Chai pas malheureux, soupira l'enfant de Saint-Flour.

Et Babylas l'accueillit par ces mots :

— Ce brave Langlumé. Le plus honnête commerçant du quartier... Quel plaisir de vous revoir, mon cher Langlumé. Justement, j'allais passer chez vous.

Il me tardait de prendre de vos nouvelles. Eh bien, comment vont les affaires ?

La figure de l'Auvergnat restait sombre.

— Heu, cha va couchi coucha.

— Couçi, couça, vous voulez dire ; je le regrette. Asseyez-vous, mon cher Langlumé... Que disent vos enfants, mes élèves ?

— Y dichent pas grand chose.

— Asseyez-vous, mon cher ami.

— Je chui un peu pressé, mochieu Papylassse... Et che viens pour la quatrième fois.

M. de la Grenouilleverte fit un bond.

— Bah! vous seriez venu trois fois, chez moi ?... Je regrette ces dérangements inutiles. La concierge ne vous a pas dit que j'étais en voyage ?... Une affaire inattendue, mon cher Langlumé. Mon cousin Lacarcasse s'est cassé la jambe à Besançon.

Langlumé ouvrit une large bouche.

— Mademoichelle Zoé m'avait dit que vous chétiez à Dunkerque.

— A Besançon ou à Dunkerque, c'est à peu près la même chose.

Il pensait que le charbonnier ne connaissait pas la géographie ; il voulait l'endormir au moyen de contes ; mais Langlumé l'interrompit.

— Mochieu Papylassse... je chuis pressé... Je viens chercher mes bottes.

De la Grenouilleverte, forcé dans ses retranchements, prit la mine la plus piteuse qu'on puisse imaginer.

— Il s'agit de vos bottes, mon cher Langlumé.

— Oui, de mes bottes, mochieu Papylassse.

— Vos sacrées bottes... Il m'est arrivé, à propos de ces bottes, la plus étrange mésaventure.

Le charbonnier devint pâle comme un suaire.

— Fouch'tra, la forme les aurait coupées?

— Non, non, il n'y a pas d'accident... Seulement une substitution regrettable.

Langlumé écarquillait des yeux, à y faire entrer une charrette. Substitution, c'était de l'hébreu pour lui ; il le déclara.

— Prêtez-moi un instant d'attention, mon cher Langlumé, l'histoire est simple, tout ce qu'il y a de plus simple. Samedi, avant-hier si vous aimez mieux, je reçois une dépêche de mon cousin Lacarcasse, me priant d'accourir à son chevet. Or, j'avais juste quarante-cinq minutes pour m'habiller, faire ma valise et aller à la gare de Lyon... Dans le coup de feu de la promptitude, sans y prendre garde, je vous le jure, j'enfile vos bottes... Autrefois, je portais aussi des bottes; et, seulement au moment de partir, je m'aperçois de ma méprise, vu que mes pieds dansaient dedans. Si je perdais, à les défaire, trois ou quatre minutes, je manquais le train... je pouvais trouver le cousin mort... un cousin à héritage ; et je me fis cette judicieuse réflexion — de porter ces chausures, ça les assouplira. Après, le brave Langlumé ne souffrira plus de son cor. Bref, je filai dans vos bottes.

A Besançon, je trouvai Lacarcasse entre les mains des médecins. Naturellement, tout était bouleversé chez lui, je dus, le soir, aller loger à l'hôtel; et, suivant l'habitude, je plaçai vos bottes devant la porte de la chambre, afin que le garçon put les cirer.

— Che devine, on a volé mes bottes?

— Non, mon cher Langlumé, il n'y a pas de voleurs à Besançon; mais les gens étourdis y pullulent.

— Che ne comprends pas.

— Pourtant, rien de plus simple.

— Quand che chaurai.

— Le garçon, un garçon distrait s'il en fût, mit vos bottes à la porte d'un voyageur qui partait, à quatre heures du matin, pour Marseille. En faisant ma toilette, je m'aperçus seulement de l'erreur commise; trop tard. J'avais, moi, les bottes du voyageur, de bonnes bottes...

Il montrait les chaussures échangées chez le cordonnier.

L'Auvergnat était devenu vert.

— Du 42, mon cher monsieur Langlumé; vos pieds ne pourraient jamais entrer dedans... Aussi, je me vois contraint de garder ces bottes. Naturellement, je vous tiendrai compte du prix de vos bottes...

De vert, l'Auvergnat devenait cramoisi; sa patience était à bout. Il tonnait:

— Chest une châle histoire... Mochieu Papylasse, vous allez me payer mes bottes, ou chinon...

Le musicien prit un attitude de lutteur.

— Vous me menacez, mon cher... Pour avoir voulu vous rendre service, je deviendrais une victime? Non. Pas de ça... Soyez tranquille, on vous paiera.

— Tout de chuite.

— Présentement, je suis désargenté... Mes frais de voyage à Besançon... Dans quinze jours, si vous voulez... Ou bien je m'acquitterai en donnant des leçons à vos enfants...

— Non, tout de chuite... Et che veux mes chemises... mes chemises garanties contre le feu.

Une longue grimace allongea le visage de Babylas.

— Vos chemises que mon ami Loupiot devait passer au système ignifuge... J'ai reçu un mot de lui. Il est désolé... Le procédé qu'il devait employer, mal préparé par le pharmacien, a pris feu... Le linge est rôti...

Langlumé, devenu furieux, sauta à la gorge du musicien.

— Che chont des tours de bandit... Fouch'tra, che ne veux pas me laicher rouler... De l'argent, tout de chuite, ou che t'étrangle!

Un formidable coup de poing l'envoya rouler derrière la porte.

— Tiens, mon vieux Langlumé, voilà un accompte sur ta facture... et si tu ne déguerpis pas à l'instant, je vais t'administrer une raclée dont tu garderas longtemps le souvenir.

Le marchand de charbon se fit aussi petit que possible, en attendant de voir la porte ouverte; et il bondit dans l'escalier.

— Chenapan! Chenapan! cria-t-il, tu me paieras mes bottes.

Pour le chasser du lieu où il continuait, après plusieurs avertissements, à crier des invectives, Babylas saisit, dans un coin, la trique qui lui servait à battre la mesure, quand il donnait des leçons de musique ; et Langlumé, les côtes frottées, traversa la cour en vociférant :

— Bandit ! Voleur ! Assassin ! Che te ferai rendre gorge, va...

Mais, en voyant M. de la Grenouilleverte se rapprocher, il détala de plus belle, criant toujours :

— Voleur ! Che vais aller me plaindre chez le gommissaire de police.

VII

OÙ CONDUIT LE GÉNIE

Babylas était tout perplexe en rentrant chez lui.

— Si le commissaire de police, auprès de qui je peux être appelé d'un moment à l'autre, trouvait mauvais le procédé ignifuge ? S'il allait, d'autre part, déclarer invraisemblable la substitution, à l'hôtel, des bottes de Langlumé, et m'envoyer au clou... Ma carrière de musicien serait fort compromise... Il faut parer aux inconvénients.

Couché plutôt qu'assis dans un fauteuil, M. de la Grenouilleverte se frappait la tête. L'idée obsédante de trouver de l'argent s'enfonçait, de minute en minute, plus profondément dans son cerveau.

LA SERVANTE
ÉTAIT APPÉTISSANTE...

— Fichue situation, avoua-t-il.

Sa bourse lui revint au bout des doigts pour la troisième fois.

Il compta, d'une voix lugubre :

— Un, deux, trois... trois francs six sous... Est-ce que je vais me laisser vaincre par la dèche?... Voyons. Il faut sortir d'embarras, mon vieux... Manger à ta faim et ne pas abandonner tes projets sur Zoé... Ma vie serait gaspillée si la belle aux cheveux d'or ne chantait pas avec moi l'hymne d'amour... Par exemple, où pêcher ?

Au bout d'une heure seulement, il jeta un cri.

— Euréka !

Ce qui signifie « J'ai trouvé. » Cela dit pour les gens ne connaissant pas le grec.

Babylas avait trouvé : et pour éviter la prison, et pour vivre et pour séduire Mlle Bidoche.

Aussi, content, il manifesta sa joie par un pas de gigue qui étonna les araignées peuplant l'appartement du bohème.

Il s'habilla vite.

— Allons, je mets la dernière chemise de l'Auvergnat. Il faut que je trouve une blanchisseuse... D'avoir du linge, cela cause des préoccupations. Ne perdons pas un instant...

Babylas monta l'escalier. Arrivé sur le palier du cinquième, il se sentit tout à coup gêné.

Le musicien fit appel à tout son courage.

— M. de la Grenouilleverte, vous manqueriez d'aplomb, à présent. Je ne vous reconnais plus, mon ami. Vos projets s'en iraient à vau-l'eau. Mais vous faites pâlir, dans leurs cercueils, les os de vos aïeux... Jadis, vous pratiquiez Danton; vous alliez partout, répétant, comme lui : — De l'audace, encore de l'audace, toujours de l'audace? Haussez donc votre taille, M. de la Grenouilleverte.

Il frappa discrètement à la porte.

La porte s'entr'ouvrit.

— Comment, c'est vous, cher monsieur... Ma bonne vient de sortir... Que je suis aise de vous voir... Entrez donc...

M. Josse, en robe de chambre, introduisit l'admirateur de Zoé.

De la Grenouilleverte pensa :

— Il a de bonnes dispositions; ça ira tout seul; préparons la pilule.

Le propriétaire reprit, quand le jeune homme eût accepté une chaise :

— J'allais descendre chez vous... demander des nouvelles de notre affaire.

— Ça va bien, aussi bien que possible... Naturellement, Mme de Présalé a été d'abord surprise en apprenant votre désir de lui faire la cour... Vous savez, ce n'est pas une femme d'argent, loin de là... Vous lui trouverez quelques caprices, peu coûteux... Mais il faut manœuvrer, pour l'amener à s'occuper exclusivement de votre personne...

— Pouvez-vous, cher monsieur, continuer à me servir d'auxiliaire?

Babylas parut réfléchir. Il argua qu'il pouvait, en

effet, lui faire obtenir toutes les faveurs de la dite dame, moyennant cinq cents francs, prix que mettrait à lui céder « la place » un jeune godelureau entiché de Goton; individu qu'on pouvait joindre aux environs de Paris.

Le propriétaire compta cinq papiers bleus au musicien.

— Vous m'assurez qu'avec cela ?...

— Grâce aux précautions prises, vous pourrez dormir sur vos deux oreilles; mais Monsieur Josse, vous me garderez le secret de cette mission. Pas un mot à la concierge. Même réserve vis-à-vis de Mme de Présalé...

— Seulement, la petite femme n'osera pas se compromettre avec moi.

— Je saurai, discrètement, lui faire entendre qu'elle peut tout oser... Surtout, attendez mon retour avant de ne rien entreprendre... Claudine ou Goton, comme vous voudrez, à des délicatesses qu'il faut ménager au besoin. Vous n'êtes pas tellement pressé.

Le propriétaire lui donna une tape au milieu du ventre.

— Farceur, va ! Allons, au revoir. Bien obligé.

En redescendant l'escalier, Babylas murmurait :

— Etrange individu; il se dit mon obligé, quand je lui dois une fière chandelle. Cinq cents balles, c'est à devenir fou de joie. Napoléon, à la naissance de son fils, déclarait : « l'avenir est à moi. » Je peux en dire autant.

Arrêté près d'une fenêtre, aux dernières lueurs du

jour, il comptait et recomptait les billets de banque.

Un remords, de son action mauvaise, le prit et le quitta aussitôt.

— Les quenottes de Mme de Présalé, virtuose ès-noces croqueraient cela en plus de ce qui lui tomberait sous la dent... M. de la Grenouilleverte a le droit de voir luire le soleil, pour lui, que diable !

Il se rappela à l'ordre.

— Monsieur de la Grenouilleverte, hâtez-vous... Le parquet peut, demain, ordonner votre arrestation, sur la plainte de Langlumé. Y a-t-il vol ou farce ? La farce ferait rire les magistrats, mais le vol ?... Il me semble que j'ai déjà à mes trousses une légion de gendarmes et d'agents...

Le bohème redevint gouailleur.

— Des gendarmes ? Des agents ? Allons donc ! Je leur fais la nique... Je suis le maëstro Babylas, présentement riche... Il ne me manque qu'une compagne, Mimi délurée aux yeux de velours, pour manger une friture à Bougival.

Rentré, il allait frapper à la porte qui séparait son cabinet de travail du salon de la demi-mondaine.

Goton accourut.

— Ma chère voisine, je viens de confesser M. Josse. Cet excellent homme m'a avoué ingénûment qu'il ne toucherait pas le prix de sa ferme avant quatre ou cinq jours. Alors, ne frayez pas dans ses eaux. Obligé de m'absenter, je serai de retour à la fin de la semaine. Nous combinerons, si vous le voulez, une partie carrée, dont Josse paiera les frais. Vous pouvez attendre ?

— Sans le sou.

— Quatre jours.

— C'est diablement long.

Babylas fouilla dans sa poche.

— Ecoutez ; je viens de toucher mon quartier de pension. Je peux vous prêter cent francs, à la condition que vous resterez bien sage, que vous ne direz pas audit Josse un mot de notre conversation, que vous me laisserez choisir le cabaret où aura lieu votre première rencontre sérieuse.

Mme de Présalé se montrait ravie :

— Je vous le promets. Donnez ce chiffon. Victoire, voilà de quoi bouloter pendant une semaine. Ne fais pas trop danser l'anse du panier, gueuse. Après, nous aurons un vieux à plumer. On ne s'embêtera pas.

Babylas saluait.

— Madame, souffrez que je prenne congé... Quoi qu'il soit chose agréable de regarder vos beaux yeux, je dois porter les miens ailleurs.

Et il poussa doucement la porte.

Ayant allumé sa bougie, il déposa son argent sur la table.

— Avec un pareil budget, je dois tenir des livres. Les gens qui n'ont pas d'ordre sont vite ruinés.

Il traça un milieu d'une feuille de papier :

Reçu.	500 francs.
Prêté à Mlle X	100 fr.
Achat d'une paire de bottines. .	12 fr. 50
» de trois chemises . . .	15 »
» faux-cols et manchettes .	8 »
» une cravate	2 » 50
Total. . .	138 »

— Mettons cent quarante francs en comptant mon dîner. J'emporte 360 francs. Quatre jours de campagne, le voyage y compris, me coûteront 60 francs, si je ne fais pas de folie... Je n'en ferai pas. A mon retour à Paris, j'aurai le temps de regarder devant moi, d'achever enfin mon opéra.

Babylas sortit, dîna et fit ses emplettes.

Avant de rentrer, il s'attarda dans la loge.

Mame Pipelet tirait les cartes à sa fille.

— Un beau blond, annonça-t-elle. Quelques nuages apparaîtront au milieu de la liaison, nuages vite dissipés... Je ne vois pas plus loin. Si, un jeune homme brun qui te poussera vers un précipice ; mais tu t'arrêteras au bord.

Babylas pinçait Zoé.

— C'est moi le jeune homme brun, pensa le musicien.

Il dit :

— Vous êtes complètement remise, Madame Bidoche. Ma voisine n'a plus de préventions... vous l'avez vue. Je crois que vous avez le plus grand intérêt de rester bien avec elle... La soirée qui devait avoir lieu jeudi est remise... Dommage; mademoiselle Zoé aurait dansé...

M. de la Grenouilleverte enveloppait la jeune fille aux cheveux d'or de son regard fascinateur.

— ... Pauvre mademoiselle Zoé... On lui donnera des compensations... Je suis forcé d'aller à Marseille : Le directeur du Grand Théâtre doit me commander une pièce... M. Josse veut attendre mon retour avant de faire ce que vous savez, Madame Bidoche.

— On attendra votre retour, monsieur Babylas. Impossible de débuter sans vous. Et vous pensez encore à dégrossir Zoé ?

— Nous commencerons lundi. A tout prix, nous en ferons une artiste. Je vous quitte. S'il vient pour moi des lettres et communications...

Mme Bidoche sursauta.

— A propos de lettre, j'ai retrouvé celle-ci traînant depuis quelques jours dans la loge.

Elle tira une large enveloppe de derrière la pendule.

Babylas la prit et déclara :

— Ça n'a pas d'importance. Vous me garderez ce qui viendra. Vous n'avez pas de commissions à Marseille ?

— Non, répondit Mame Pipelet, je n'y connais pas un chat.

Chez lui, M. de la Grenouilleverte ouvrit la lettre. Il resta ébahi.

N° 850.
Compagnie générale des Omnibus.
PLACE DU THÉATRE-FRANÇAIS

Paris, le 12 avril.

Monsieur B. Lemerle,

74, rue du Delta.

« Nous avons l'honneur de vous informer, que sur la recommandation de M. le sénateur Ricard du Becsalé, vous compterez parmi notre personnel, en qualité de contrôleur, à partir du 1er juin prochain.

« Vous voudrez bien prendre l'ordre de service, le 15 mai.

« Agréez, monsieur, nos salutations empressées. »

Pour le directeur :

« Merlejaune. »

— Oui, j'avais, il y a quelques années, adressé une demande d'emploi à la compagnie qui voiture les femmes poussives et les bas-bleus ; et le sénateur Becsalé, à la suite d'un banquet où je vantai son talent oratoire, voulut bien écrire en ma faveur. A présent, je veux vivre libre, devenir illustre. Néanmoins, gardons la lettre.

Le lendemain, un mercredi, Babylas prenait le train, à la première heure, à destination de Saint-Germain-en-Laye.

Sa bonne fortune le conduisit au seuil d'une auberge isolée. Il voulait vivre, comme les papillons, de fleurs et de liberté, ce qui ne l'empêcha point de manger ferme et de boire sec. Puis, l'appétit satisfait, de folles pensées troublèrent son cerveau. Heureusement que la servante de l'auberge était appétissante et rieuse.

Babylas sortit, au bout de quatre jours, du paradis, en promettant de revenir.

Rentré à Paris, le samedi soir, il trouva Mme Bidoche radieuse.

Près de Zoé, raccommodant les chaussettes de Goussedail, un jeune homme tout rose, tout joufflu, tout pomponné, se tenait assis. Très élégant, il avait l'air d'un fils de famille.

— Je vous présente mon futur gendre, annonça Rosalie... Ça vous surprend, hein, mon cher monsieur Babylas... Un mariage à l'électricité, quoi! M. Robert de la Pince a loué ici jeudi matin. Jeudi l'après-midi, il emménageait et me déclarait avoir trouvé Zoé ravissante. Jeudi soir, il nous offrait à dîner. Vendredi matin, il apportait des fleurs à ma fille. Vendredi après-midi, je recevais des bonbons, à mon tour. Ce matin, M. de la Pince me faisait sa demande... Ce soir, j'ai présidé le repas des fiançailles. J'ai bien regretté que vous ne fussiez pas là... Nous avons eu M. Josse...

— Très bien, très bien, répondit Babylas dépité.

Et à part lui.

— Cette Zoé va me glisser entre les mains.

Il s'informa :

Alors, si Mlle Bidoche se marie, elle renonce à l'art dramatique ?

Mame Pipelet joua des abattis.

— Au contraire, monsieur Babylas, elle abordera la carrière. Les belles relations qu'a M. de la Pincé lui serviront à lancer sa femme.

— Oui, j'ai promis de la dégrossir ; je tiendrai ma promesse, heureux de vous être agréable... Bonsoir tout le monde.

Avant de se coucher, M. de la Grenouilleverte monta chez Josse.

— Bonne nouvelle. L'affaire est arrangée... Etes-vous prêt à marcher ?

— Oui... Depuis votre départ, je lis les *Amours de Faublas* pour m'entraîner. Pensez si...

La Grenouilleverte se fit inviter, ainsi que Mme Bidoche, à un fin dîner, au café de la place Blanche. Là, on célébra la réunion de Goton et de Josse. La concierge dansa même une gigue, dite des « Quatre fétus » très en honneur à Montmartre. Mais au retour, sur l'Avenue Trudaine, le charbonnier Langlumé, aidé de quelques copains, assaillit Babylas qui titubait, le rossa, le mit nu comme un ver, ce qui obligea les agents, l'ayant recueilli, et auxquels il ne nomma point son agresseur, à l'envelopper d'une couverture prise au poste pour qu'il pût décemment regagner son logis où heureusement, une partie de son argent était resté cachée.

VIII

A LA CAMPAGNE

Le lendemain, Mme Bidoche, Zoé et Babylas ayant endossé les vêtements du défunt mari de la concierge quittaient Paris, pendant que M. de la Pince gardait la loge. On allait essayer, à Saint-Cloud, dans le bois, la voix de la fille aux cheveux d'or. Ensuite, les trois personnes vinrent pendre la crémaillère chez Josse, à Vaucresson.

Midi sonnait quand ils débouchaient sur la place d'armes, à Saint-Cloud.

— Je meurs de faim, annonça Rosalie.

— Moi, dit Zoé, vêtue d'un costume bleu à grands carreaux, j'ai l'estomac dans les talons.

— Je céderais volontiers ma migraine, fit M. de la Grenouilleverte. De veiller si tard, j'en souffre le lendemain... Pas d'appétit.

— Prenez un cachet d'antipyrine, conseillait Mame Pipelet. Il y a un pharmacien là-bas. Ne soyez pas longtemps.

Chez le pharmacien, Babylas demanda une petite bouteille de jalap, qu'il cacha au fond de sa poche, et il revint, à grands pas, vers Zoé.

— Allez-vous mieux ? s'informa la belle aux cheveux d'or.

— Un peu mieux, répondit le malin. Venez au restaurant ***. Mettons nous à la terrasse. Choisissez une table. Je vais à l'intérieur pour commander.

— Du pigeon aux petits pois,.. recommanda Zoé.

— Je n'ai rien à vous refuser, ma toute belle.

Mais, après avoir pris connaissance du menu, il tira le garçon à part.

— Voyons, mon ami, vous ne demandez pas mieux que de gagner quarante sous. Je passe entre vos mains un petit flacon d'eau purgative... Au dessert, je commanderai de l'eau de Vichy, pour la vieille dame; avant de servir, vous avez soin de mélanger le liquide... et de dégager la porte des cabinets.

Le garçon cligna des yeux.

— Parfaitement compris, Monsieur...

Rayonnant, Babylas revint vers ses invitées.

— Nous aurons du pigeon aux petits pois?

— Et de la crème au chocolat, belle Zoé, pour vous donner de la voix, car vous semblez oublier que nous sommes venus à Saint-Cloud pour tenter une épreuve: l'épreuve qui décidera de votre avenir.

— Je vais rendre jaloux le rossignol.

— Ne vous engagez pas trop avant. Madame Bidoche, j'ai demandé du Chambertin pour vous. Mais vous le boirez sans eau.

— Sans eau? se récria la danseuse des quatre fétus. J'ai une soif à boire la mer et les poissons... Une carafe d'eau frappée.

— Non, chère Madame, cela vous incommoderait. Si vous êtes trop altérée, au dessert, vous commanderez une bouteille de Vichy. Rien de meilleur sur l'estomac. Prenez de ce hors-d'œuvre; il est excellent.

Par une splendide journée, sous la tente élevée au-dessus des petites tables, dans un décor riant, les promeneurs déjeunèrent, en gens qui n'ont rien à se refuser. Zoé, répondant régulièrement aux coups de genou de son voisin, buvait sec, des bons crus capables de mettre les clartés du soleil dans les yeux d'une femme. Et, de temps en temps, Babylas se frottait les mains.

On apporta le fromage et la bouteille de Vichy.

M. de la Grenouilleverte redevint sérieux.

Rosalie but sa bouteille et se déclara enfin rafraîchie.

Mais, au bout d'un instant, les vives couleurs qui empourpraient son visage, disparurent tout à coup ; ses sourcils s'abaissèrent; une sorte de rictus se dessina au coin des lèvres. Elle s'agita sur sa chaise...

Le musicien feignait de ne rien voir ; il occupait Zoé d'une histoire drôle.

Mme Bidoche se tordait.

— Mes enfants, je vous demande une petite minute... Je vais là, vous savez où le roi va à pied.

Elle saisit, sur une table, le *Journal de Midi*, traversa au trot le restaurant et ne revint qu'au bout de cinq minutes, temps employé par le musicien à dire les plus jolies choses à la belle aux cheveux d'or.

— Un vrai choléra... J'ai failli lâcher la bordée en chemin... Il reste un peu d'eau de Vichy... le fond de la bouteille, ça me rafraîchira ; j'ai attrappé chaud à marcher si vite. Ah ! mes enfants.

Babylas commandait le café.

— Hein ? fit Rosalie, une nouvelle attaque... Gare la fuite... Les sauces du restaurant sont mauvaises. Aïe ! Aïe !

Elle repartit au galop.

Quand Zoé allait ouvrir la bouche pour manifester son étonnement, un vieux monsieur vint s'asseoir à la table voisine.

— Garçon, ma Bénédictine !

Et il se livra à une recherche minutieuse autour de lui.

— Garçon, où avez-vous mis mon journal ?

— Le *Journal de Midi*, de Monsieur a été déposé sur la table, il n'y a pas un quart d'heure.

— Qui l'a pris ?

— Personne n'a pû le prendre.

— Mauvaise plaisanterie, garçon... On ne joue pas avec les cheveux blancs d'un vieillard comme moi... J'irai chez le voisin si vous ne faites pas selon mes désirs.

Rosalie revenait à petits pas.

— Garçon, je tiens à savoir avant une heure si le ministère a démisionné... Vous me privez d'un renseignement précieux... Madame, pardon, Madame... Vous ne lisez pas quelquefois le *Journal de Midi ?*

Mame Pipelet crut avoir affaire à un fou.

— Le journal... si... Je m'en sers pour essuyer la lune quand elle a éternué. Bon papier, vous savez, petit père.

Le vieillard prit son chapeau et sa canne.

— Quelle humanité dans cet établissement. Je n'y remettrai les pieds. Au seuil, je secoue la poussière de mes bottines.

Et il traversa la place d'armes en gesticulant.

— Qu'est-ce que ce pierrot là fait dans le civil? demanda Babylas au garçon.

— Vous ne reconnaissez pas un député qui attend la crise ministérielle pour attraper un portefeuille?... Son journal a passé je ne sais où.

Mme Bidoche ouvrit sa poche.

— Je vais vous le dire, moi... Il y en a la moitié dans la lunette et le restant est là... Je n'aime pas le papier de soie... mes doigts passant à travers... J'avais pris le journal sans penser mal faire. Voyez-vous ce vieux serein Il n'a pas compris mon histoire de lune. Croquant, va!

— Maintenant, comment vous trouvez-vous? s'informait Babylas.

— Toujours détraquée... C'est un air qui court... Le café va me remettre, je pense.

M. de la Grenouilleverte alluma une cigarette.

A la deuxième gorgée de café que prenait Rosalie, un grouillement lui déchira le ventre.

Elle s'élança.

Mais, au retour, Babylas lui disait, non sans jouer l'homme contrit:

— Cette indisposition, laquelle peut vous tenir une heure durant, exige de prendre quelques précautions ... Par ces chaleurs, des cas bénins deviennent parfois graves. Donc, vous ne pourriez nous suivre dans le parc.

— Si on remettait l'examen ?

— Y pensez-vous ? maman Bidoche. M. de la Pince veut savoir ce que fera sa femme. Vous-même êtes impatiente de la voir débuter... Jusqu'au jour de son mariage, je peux m'occuper d'elle.

— Maman, tu nous attendras.

— Vous nous attendrez, reprit Babylas enchanté. Je vais demander une chambre. Un peu de repos vous fera grand bien. Quand nous reviendrons, vous serez en état de reprendre le train. N'oubliez pas qu'on pend la crémaillère à Vaucresson.

— Heu... De vous confier Zoé...

De la Grenouilleverte lui dit à l'oreille.

— Vous savez bien, méfiante personne, que la nuit dernière, j'ai laissé mes habits et mes illusions sur l'avenue Trudaine.

Rosalie se laissa installer dans une chambre ; assise au bord d'un fauteuil, le nez penché sur un grog au rhum, elle compta les minutes.

— Enfin, s'était dit Babylas qui entraînait Zoé, il ne sera pas dit que j'aurai perdu mon temps. Voyons je connais un endroit charmant, derrière le tertre de l'ancienne lanterne de Diogène. Allons jouer là, successivement le drame et la comédie... Tout réussira.

Ayant monté la route de la caserne, ils s'enfoncèrent, derrière la cascade, dans une allée bordée de maronniers séculaires. A droite, loin, ils bifurquèrent, suivirent au long d'une tranchée et arrivèrent à la pente d'un côteau qui domine Sèvres.

M. de la Grenouilleverte choisit, loin du passage ordinaire des promeneurs, un carrefour au bord duquel coulait un filet d'eau. Une herbe menue tapissait la place, ornée çà et là de quelques fleurettes au capiteux parfum ; un rideau de charmilles l'abritait.

De son mouchoir, Babylas essuyait le front de Zoé.

Mlle Bidoche, devenue soudainement rêveuse, attendait le moment de produire sa belle voix. Tout son avenir dépendait, croyait-elle, d'un instant de courage.

Babylas la fit déclamer :

Décidément, Monsieur, je n'aime pas le faste !
La chambre de la reine, où je couche, est trop vaste.
Ce lit armorié, des Stuarts, des Tudor,
Ce dais de drap d'argent; ces quatre piliers d'or...

— Vous êtes née, prononça-t-il pour jouer le drame Ma chère Zoé, je vous aiderai de tout mon pouvoir ... Zoé, ma chère Zoé...

Elle se dégageait doucement.

— Monsieur Babylas, si on nous voyait ?

— Ame qui vive ne vous verra, ange, me sourire... Asseyez-vous là, au bord du ruisselet... Bien... Regardez les pinsons qui ne perdent point leur temps, pour s'aimer, à des préambules inutiles. Zoé, Zoé, laisse-moi regarder au fond de tes yeux. . Zoé, ma Zoé, il me semble que nous voyageons dans le pays du rêve...

Mlle Bidoche avait des éblouissements.

Un chant de rossignol monta des profondeurs du bois.

Le parfum des fleurs devint plus enivrant.

Les lèvres du musicien effleurèrent le visage de Zoé qui tressaillit dans tous les fibres de son être.

Babylas et Zoé chantèrent un hymne.

. . . .

Plus tard, un garde qui passait, vit un jeune homme agenouillé dans le serpolet, tressant à doigts point pressés les cheveux d'or d'une jeune fille dont le visage était écarlate.

Le rêve de Babylas s'était-il réalisé?

. . . .

Ils redescendirent à pas lents vers Saint-Cloud. Dans une clairière, Mlle Bidoche s'arrêta.

— Vous me donnerez ma première leçon? demanda la rousse.

— Mignonne, nous déciderons plus tard.

Elle sourit, tout à coup embellie.

Babylas baissait la tête et semblait péniblement impressionné.

— Aimez-moi un peu, monsieur Babylas.

— Folie, murmura-t-il, si bas qu'elle n'entendit point ; en elle, j'ai cru aimer le portrait d'une autre. Oui, je m'abusais étrangement. Pauvre fille, en tressant tes cheveux d'or, j'ai senti la révolte de mon cœur.

Mais ses lèvres mentirent, tout haut :

— Zoé, je vous adore.

— Sans être jaloux de M. de la Pince ?

— Chut ! Demain, nous parlerons de cela. Maintenant, soyons d'ordinaires amis à qui toute familiarité est interdite. Il ne faut pas que Mme Bidoche puisse soupçonner que je vous fais la cour.

— L'envie de vous sauter au cou me prend.

— Mettez un frein à votre envie, ma chère Zoé.

Elle fit la moue.

— Comme vous me parlez.

— Nécessité fait loi... Je n'ai pas le droit de vous compromettre. Sortie de ces ombrages, vous redevenez la chaste fiancée qui entrait sous bois voilà deux heures, à cette différence près... Mais cela n'a pas d'importance. Allons, Zoé, en route !

— Je ne veux pas épouser M. de la Pince, na.

— Zoé, ne dites pas de bêtises ; un si charmant jeune homme assurera votre bonheur. Moi, je ferais un détestable mari... Je ronfle et je pue des pieds... une odeur capable de tuer les araignées... Zoé, marchez plus vite !

— La Pince me dégoûte.

— Il plaît tant à votre mère. Zoé, marchez plus vite ! Sinon, je me verrai forcé de vous abandonner dans le parc.

En arrivant sur la place, ils aperçurent Mme Bidoche penchée à la fenêtre de sa chambre ; elle fit de grands gestes.

— Onze fois, mes enfants... Mais finie, enfoncée, j'ai pris de l'Herculanum.

— Du laudanum, sans doute. Nous allons à la gare, annonça Babylas. M. Josse doit s'impatienter. Hâtez-vous de descendre.

Rosalie, le ventre vide, étreignit sa fille.

— Mon Benjamin... Et ta voix ?

— Superbe, maman ; forte, vibrante, musicale. M. Babylas est content. J'ai déclamé selon ses désirs.

— Ma Zoé, que je suis heureuse... Monsieur de la Grenouilleverte, vous vous êtes bien conduit ?

— Naturellement, maman Bidoche, il y avait un pensionnat de jeune filles dans le bois ; elles nous suivaient partout, ces pensionnaires.

Rosalie respira.

A cinq heures, ils débarquaient à Vaucresson.

Un facteur leur indiqua la villa Cassecroûte.

M. Josse, rajeuni de dix ans, se promenait dans le jardin avec la belle Mme de Présalé. Une femme de ménage, engagée le matin même, préparait le dîner.

— Nous allons faire un gueuleton pour pendre la crémaillère, annonça le vieux garçon. Un cochon de lait rôti, mes amis... Zoé, vous engraisserez de deux livres, ma fille... Vous repartez à minuit ?...

Babylas demandait :

— Va-t-on tirer un feu d'artifice ?

— Non, dit Goton ; mais nous aurons le désagrément d'entendre miauler des chats.

— Il y a des chats, ici ?

— Une compagnie. Figurez-vous, cher Monsieur,

UN GARDE QUI PASSAIT.....

qu'en passant à Garches, dans le coupé, *mon mari* voit une caisse abandonnée au bord de la route ; il s'informe au cantonnier. Le cantonnier nous apprend que la boîte renferme dix-sept chats qu'une vieille avare a laissé à ses neveux ; héritage refusé... M. Josse s'émeut, fait charger les bêtes et se promet de les envoyer demain à ses fermiers de Bretagne.

— Il y a mieux à faire, reprit M. de la Grenouille-verte, si vous n'avez pas, ce soir, de divertissement à nous offrir...

— Vous tireriez parti de ces chats ?

— Sont-ils méchants ?

— Pas du tout.

Le musicien parla confidentiellement.

— Il fait chaud. A l'heure où les gens de Vaucresson vont dîner, leurs fenêtres ouvertes, naturellement, nous appliquerons aux chats, sous la queue, un cataplasme de farine de moutarde délayée dans l'alcool et chauffée. Lâchés, ils bondiront droit devant eux, franchiront tous les obstacles en poussant des cris horribles.

— Cela serait une cruauté, dit M. Josse.

— Je veux que vous m'accordiez cette satisfaction, répondit la demi-mondaine. On ne s'amuse pas tous les jours à la campagne.

Il baissa la tête.

— Ma chère amie, je n'ai rien à vous refuser.

A sept heures, Babylas accrochait une crémaillère enrubannée dans la cheminée du salon. Ensuite, les cinq convives se mettaient à table. Formidable appétit ils avaient. Le cochon rôti était succulent.

La nuit tombée, Babylas chargea les chats de farine de moutarde.

Les pauvres bêtes, tenaillées par d'atroces douleurs, se répandirent dans Vaucresson, franchirent les fenêtres ouvertes, firent s'évanouir plus d'une femme, causant partout une telle frayeur et un si grand tumulte que le garde-champêtre, croyant à une révolution, allait sonner le tocsin.

Toute la nuit, les habitants restèrent debout.

Babylas, Mme Bidoche et sa fille étant rentrés à Paris, un fiacre les conduisit de la gare Saint-Lazare rue du Delta.

Rosalie aperçut, la première, un rassemblement de trente personnes, formé devant le n° 74. Elle reconnut bientôt ses locataires restés dehors. Plusieurs, quand elle descendit de voiture, l'invectivèrent d'avoir quitté la loge.

— Nous avons été mystifiés, expliqua un employé de banque. Chacun de nous recevait, au moment de dîner, un billet de faveur, valable ce soir au théâtre de Cluny. Tout le monde s'y rendit. Au théâtre, le régisseur nous annonça que nous étions les dupes d'un fumiste. Néanmoins, ayant de la place, il nous casait tant bien que mal.

Au retour, nous fûmes surpris, bien que le gaz soit allumé dans le corridor, de ne pouvoir obtenir le cordon... Nous ébranlâmes la porte, en pure perte. Il se passe là quelque chose d'anormal.

Mme Bidoche alla réveiller le serrurier qui, à l'aide d'un pic, put forcer la porte.

Au fond de la loge, dévalisée, M. Goussedail, le propriétaire, était bâillonné, ficelé, le visage enduit d'une couche de matière noire.

Sur la table, ces mots à l'adresse de la concierge :

« M. Robert de la pince-monseigneur, enrichi de quelques dépouilles, obligé de porter ses pénates sur la rive gauche, rend à Mlle Zoé, sa parole de fiancé. »

— Ce beau garçon, s'écria Rosalie, un cambrioleur... Je voudrais bien savoir qui l'avait envoyé ici?

IX

ÇA DEVIENT SÉRIEUX.

Econduit par Mme Bidoche, le cocher Michel avait suivi Langlumé qui menaçait Babylas de le faire comparaître devant le commissaire de police.

— Che vous dit qu'il n'y a que des aventuriers dans chette maison.

— J'en sais quelque chose. Voulez-vous prendre un verre, monsieur le charbonnier?

Langlumé avait besoin de s'épancher. Il trouvait justement un étranger qui voulait bien l'entendre.

— Chai un débit... Venez donc chez moi...

L'automédon conduisit cocotte au pas jusqu'au coin de la rue Pétrelle.

Debout devant le comptoir, Langlumé et Michel causèrent longtemps. D'abord, l'Auvergnat raconta les agissements de Babylas et de quelle façon il voulait lui faire rendre gorge.

— A votre place, conseilla Ladéroute, je ne porterais pas plainte. Vous vous exposez, sans témoins, a être pris pour un farceur. Cet individu fera sur votre dos une chanson que vos voisins liront avec plaisir. Un commerçant ne doit pas s'exposer à la risée du public.

Langlumé vida un grand verre de vin blanc pour se donner du cœur.

— Chependant, Che voudrais reprendre mon bien.

— Hein ? Reprendre votre bien... C'est facile !

— Fouch'tra chè ne vois pas le moyen.

— Patron, vous n'avez jamais roulé dans les petites voitures, pas vrai ? Sans ça vous auriez déjà trouvé le moyen de moucher le particulier. Il n'y a qu'à rouler guimbarde pour apprendre du vice...

— Concheillez-moi.

— Un bon tour à jouer au Babylas... Attendez un peu.

Michel vida son verre, d'un trait.

— Un bon tour à Babylas ?... Embauchez des copains, parbleu ; guettez l'amateur de bottes qui doit s'attarder parfois dans les lieux de plaisir, guettez-le sur les boulevards extérieurs. Hop ! empoignez, mettez nu comme un ver. Le drôle, en goûtant le frisquet à la belle étoile attrappera une fluxion de poitrine dont il claquera. Les frusques du gaillard, et ce qui traînera dans les poches vous. dédommageront.

Langlumé ouvrit un large four.

— Che lui ferai la farce... Vous connaichez un chitoyen dans la maison?

— Un pleutre, une canaille, un nommé Josse... ce particulier, avança-t-il, s'est balladé toute la matinée dans mon sapin... Cinq heures qu'il a fait suer cocotte, le chenapan... Et y n'ma pas collé un radis de pourboire. Quand je lui ai dit comme ça : « voyons, borgeois, la main sur la conscience » y m'a traité d'anarchiste. Aussi, ce que je lui garde un petit renard pour croquer ses poules.

— Che peux pas vous aider à l'embêter?

— Merci, j'ai mon projet. Patron, encore un verre et je me sauve.

Ladéroute se rendit à la porte de Versailles.

Cocotte attachée à un arbre, devant les baraques élevées dans les terrains vagues, Michel trouva, faisant les cent pas entre Issy et la barrière, un beau jeune homme, mis à la dernière mode qui, en l'apercevant, porta la main à son chapeau.

— Mon petit Coupesifflet, j'aurais besoin de tes services. Il y a, au 74 de la rue du Delta, un vieux paillard qui me cause le plus grand tort... J'avais songé à lui casser les reins, mais je préfère ne pas me compromettre. T'es homme à me venger, de la manière que tu voudras employer... Le vieux doit avoir un magot en banknotes... Tâche de lui administrer un bouillon d'onze heures et de récolter son portefeuille. La concierge du Josse, mon ancienne, est une poire que tu peux exploiter, par rapport à sa fille... Chambarde dans la baraque, à ton aise, mon petit Coupe-sifflet. Tu paieras un gueuleton si ça réussi.

Le chef de bande, à qui vingt cambrioleurs obéissaient, trouva tout de suite le rôle qu'il devait jouer auprès de Mme Bidoche. Mais, au lieu de s'attaquer à celui que Michel tenait pour un rival, le faux Robert de la Pince, ayant emménagé des meubles volés dans une villa de la banlieue, prépara le sac de la maison.

Et, chargé de garder la loge, un jour entier, le fiancé de Zoé prévint ses auxiliaires. L'un d'eux, habile à fabriquer des actes civils, tira à la presse, cinquante billets de faveur du théâtre de Cluny, sur un modèle. Un autre les distribua, si bien qu'à neuf heures du soir, tous les locataires étaient sortis.

Au cours de l'après-midi, on avait soigneusement visité les appartements de Josse, de Babylas et de Goton. Tout ce qui représentait une valeur facilement réalisable était emporté. A la porte, des commissionnaires chargeaient, dans une grande voiture : des pianos, des pendules et des bibelots.

Le manuscrit de « *Jupiter mangeant des prunes dans le jardin des Hespérides* » fut soumis à M. de la Pince qui le couvrit, par désœuvrement, de ratures, multipliant à l'infini, les dièzes et les demi-soupir, au point que certaines feuilles ressemblaient à une tache d'encre ; puis, cette mutilation opérée, il mit dessus une couverture en papier à chandelles, bientôt ornée d'une écriture en belle ronde :

« COMPTE DU GAZ »

Lorsque, à neuf heures du soir, Coupesifflet accrochait le manuscrit de Babylas dans l'alcôve de Mme Bidoche, ses amis mettaient au pillage les logements de la maison. Ils récoltèrent amplement des bijoux, des valeurs et de l'argent. Le butin était enlevé à l'instant.

Par exemple, le faux Robert eut, à dix heures, un moment d'angoisse. Une voiture s'arrêtait à la porte.

M. Goussedail en descendit.

Il venait dire à la concierge de signifier congé à Mme de Présalé, dont les toilettes tapageuses et la liberté d'allures l'avaient fait signaler au propriétaire vertueux.

Le chef de bande le reçut au seuil de la loge.

— Mme Bidoche n'est pas là ?...

— Pardon Monsieur, répondit humblement le blondin, Mme Bidoche est chez notre illustre musicien... Oui, avec sa fille... J'ai été chargé de... la remplacer, pour un moment. Quel renseignement désirez-vous ?

— Je suis le propriétaire.

Coupesifflet laissa tomber son surin au fond de sa poche.

Le cambrioleur s'inclinait.

— Vous êtes monsieur Goussedail ?... Je suis charmé de faire votre connaissance... Mme Bidoche a dû vous parler de moi... M. Robert de la Pince, inspecteur de la Société protectrice des hannetons... Je dois épouser sa fille Zoé dans trois semaines... J'espère bien, monsieur, que vous me ferez l'honneur d'assister au mariage.

— Nous verrons, dit le propriétaire bourru. Vous dites que la concierge est chez M. Babylas ?

— A la répétition d'un opéra, oui... avec deux de mes amis qui seront garçons d'honneur... Ne vous dérangez pas, monsieur Goussedail. Je vais prier Mme Bidoche de descendre.

— Allez vite, mon ami.

— Un instant, un seul instant. Asseyez-vous, monsieur le propriétaire.

Nestor s'accouda à la cheminée.

Robert glissait rapidement vers l'escalier B. dans equel les cambrioleurs opéraient. Un coup de sifflet lentement modulé les attira.

— Une tuile, souffla le chef de bande aux deux premiers arrivés près de lui.

— La rousse ? murmurèrent les gredins en cherchant leurs revolvers.

— Non ; le proprio... Préparez le bâillon et les ficelles. Selon l'habitude, hein ?

Les trois coquins se présentèrent au seuil de la loge.

— Eh bien ? interrogea Goussedail impatienté ?

— Mme Bidoche me suit, dit Robert ; voici mes amis, dont je vous ai parlé : Alexandre et Victorien... Alexandre donne la main à monsieur le propriétaire.

C'était le signal.

— Je...

Le père des treize enfants de Mame Pipelet fut ter-

LA DANSE DES QUATRE FÉTUS.....

rassé en un clin d'œil, bâillonné et ficelé. On le déposa dans un fauteuil. Victorien lui mit le matou sur les genoux.

Précautionneux, Robert alla trouver le cocher qui, à la porte, attendait le retour du propriétaire.

— Mon ami, écoutez un peu. Je vais garder mon oncle. Il n'a plus besoin de vos services. Que vous doit-il ?

— Le bourgeois me doit une heure.

— Voici trois francs... On ne lésine pas dans la famille. Allez-vous en vite... Plus vite que ça.

L'automédon mit son cheval au galop.

— Maintenant, fermons la porte... Les locataires peuvent arriver. Au besoin, nous partirons par les toits.

Les cambrioleurs avaient terminé la razzia.

— Bonne récolte, annoncèrent-ils au chef. Nous avons pendu un mannequin dans la chambre de M. Josse, fait pire chez le musicien. Est-ce qu'on se détortille ?

— Une minute, les enfants ; j'ai l'estomac dans les talons. Trouvez quelques bonnes bouteilles dans les caves ; avec un pâté pris dans le buffet de la concierge, nous allons souper.

Repas bien gagné. Et il faut explorer les poches du proprio. Dis-donc, Nestor, es-tu en fonds, aujourd'hui ?

M. Goussedail devint horriblement pâle.

Prestement, la fine main de M. de la Pince tira de la profondeur des poches du protecteur de Rosalie :

une montre, un porte-monnaie bien garni, un portefeuille bourré de billets de banque et des pièces blanches.

Le bandit s'exclama :

— Pas d'erreur ; t'es un zigue.

Le propriétaire, les yeux pleins d'éclairs, le front plissé, essayait de se débattre.

— Mon cher, ne te fais pas de mauvais sang, lui conseilla le bandit. Tu auras plus tard, et à loisir, le temps de tondre tes locataires. Moi, je reprends tout simplement l'avance d'un loyer versé... Rien n'est plus juste, il me semble, puisque je déménage avant le terme. Attends ; je vais afficher ta générosité.

Coupesifflet lui épingla sur le ventre un écriteau portant ces mots :

Le propriétaire est une succursale du Pont-Neuf.
Il a rendu l'argent.

Ensuite, le drôle écrivit à Mme Bidoche afin de lui annoncer qu'il renonçait à la main de sa fille.

Les cambrioleurs mangèrent le pâté, burent sec, barbouillèrent de confiture la tête de M. Goussedail, et s'en allèrent tranquillement, un à un, portant des valises bien garnies.

Le dernier tira sur lui la porte cochère.

ÉPILOGUE

Si les locataires, dépouillés, poussèrent des cris de fureur, Babylas, en voyant son manuscrit mutilé, pleura comme un veau. Son piano volé, ses partitions à refaire et la nouvelle d'une faillite qui mettait en liquidation le directeur du théâtre d'Etrépagny, brisaient définitivement sa carrière de musicien.

Il se fit couper les cheveux, tondre le bouc et demanda, à la Compagnie des omnibus, un ordre de service pour prendre son poste de contrôleur le 1er juin.

Et, voulant redevenir un honnête homme, l'ex-bohème se promit bien de rembourser à M. Josse, les cinq cents francs si habilement escamotés, puis de ne plus porter le nom de la Grenouilleverte, usurpé.

M. Josse éprouva les derniers déboires. La jolie Mme de Présalé lui a chipé vingt mille francs le dernier jour de leur villégiature à Vaucresson et depuis, le vieux garçon n'a pu retrouver les traces de la marchande de sourires.

Robert de la Pince a informé Michel Ladéroute que Josse, persécuté par lui, avait dû se retirer dans ses terres, ce qui procura au cocher la plus douce satisfaction.

La police cherche toujours les auteurs du vol de la rue du Delta.

Quant à M. Goussedail, obligé de rembourser, aux

locataires, faute d'avoir assuré la surveillance de sa maison, la somme correspondant à la valeur des objets volés, il a envoyé Rosalie danser les quatre fêtus en province, sans indemnité.

Maintenant, la pauvre Bidoche vend, à Aurillac, des pommes de terre frites.

Mlle Zoé, devenue modiste, cherche encore les moyens d'entrer au théâtre.

Le matou, qui ornait la loge, fut recueilli par les soins de Langlumé. Et, baptisé lièvre, il a servi de régal aux trois Auvergnats ayant prêté main-forte au charbonnier qui, avenue Trudaine, fit dépouiller de ses vêtements le pauvre Babylas.

Courbevoie. — Imp. E. Bernard, 14, rue de la Station.

Petite Encyclopédie pratique

DE

CHIMIE INDUSTRIELLE

Publiée sous la Direction de

F. BILLON, ingénieur-chimiste

Avec la collaboration de M. Auguste PERRET, licencié ès sciences.

Cette petite **Encyclopédie pratique de chimie industrielle** s'adresse à tous ceux qui considèrent qu'il est de leur devoir comme de leur intérêt de ne rien ignorer du mouvement scientifique contemporain.

Aussi dans ces trente volumes ne trouvera-t-on que l'exposé simple, en langage aussi débarrassé que possible de tout terme savant, des faits qui sont nécessaires pour comprendre les principales fabrications industrielles.

Démontrer l'importance du mouvement commercial auquel donne lieu l'industrie chimique ; indiquer à chacun une utilisation possible de ses capitaux en permettant de se rendre compte rapidement des conditions d'établissement de certaines exploitations minières ou agricoles, donner à tous ceux qui emploient les produits chimiques la connaissance de leurs origines, de leurs propriétés ; leur permettre de les utiliser et même souvent de les fabriquer au mieux de leurs intérêts, tel est le but de cette œuvre modeste mais que nous croyons utile.

Prix du volume broché **1** fr. **50**, relié **2** francs, et la collection complète brochée Prix : **40** fr.

1. — **Histoire de l'industrie chimique.** — La Chine, l'Inde, l'Egypte. — La Grèce, Rome. — Le moyen âge. — Le XVIe siècle. — Le XVIIe siècle. — Le XVIIIe siècle. — L'industrie moderne, principes de nomenclature et de notation chimique.
2. — **Le sel.** — Propriétés. — Distribution géologique. — Exploitation : marais salants, carrières et mines, sources salées. — Evaporation, eaux-mères. — Industrie de Stassfurt. — Raisons physiologiques de l'emploi du sel.
3. — **Soude et potasse.** — Définitions. — Soudes naturelles, soude Leblanc, soude à l'ammoniaque. — Soude électrolytique. — Borate de soude. — Potasses naturelles, potasse de Stassfurt. — Potassium et sodium.
4. — **Soufre et dérivés.** — Exploitation du soufre natif et des pyrites. — Acide sulfureux, sulfites, hyposulfites. — Acide sulfurique. — Sulfure de carbone.
5. — **Chlore et dérivés.** — Chlore, hypochlorites, blanchiment. — Acide chlorhydrique, chlorate de potasse électrolytique. — Brome, iode et dérivés.
6. — **Produits nitrés et ammoniacaux.** — Ammoniaque, sources diverses, fabrication de l'ammoniaque et de ses sels. — Nitrates de potasse et de soude. — Acide nitrique — Cyanures.
7. — **L'eau.** — Propriétés. — Eau potable. — Bactériologie. — Eau filtrée, eau stérilisée, eau distillée. — Purification industrielle. — Eaux gazeuses. — Glaces.
8. — **Le sucre.** — Sources. — Extraction. — Raffinage. — Usages, confiserie, chocolats, sirops.
9. — **L'alcool.** — Fermentation alcoolique. — Matières premières. — Distillation, produits et résidus. — Alcools de consommation et d'industrie. — Propriétés et emplois, toxicité, hygiène.

10. — **Vins et vinaigres.** — Levures, culture et sélection. — Fermentation, opérations qui la précèdent et la suivent. — Ses correctifs. — Maladies, altérations et sophistications des vins. — Vinaigres.

11. — **Bière, cidre, poiré.** — Bière, matières premières. — Germination. — Fermentation. — Conservation. — Cidre et poiré.

12. — **Farines et fécules.** — Céréales. — Obtention des farines. — Panification. — Gluten, pâtes alimentaires. — Amidon, dextrine. — Fécules.

13. — **Lait, corps gras alimentaires.** — Lait, production, conservation, composition, altérations et falsifications. — Beurre. — Beurre artificiel. — Fromages. — Axonge, huiles alimentaires.

14. — **Conserves alimentaires.** — Procédés physiques. — Dessiccation. — Froid. Enrobage. — Privation d'air. — Procédés chimiques. — Application aux diverses substances. — Viandes et comestibles. — Poissons. — Lait. — Légumes et fruits. — Confitures et gelées.

15. — **Matières animales.** — Cuirs, tannage. — Peaux ouvrées. — Gélatine, colles, — Noir animal. Albumines diverses.

16. — **Engrais.** — Matières végétales et animales. — Engrais chimiques, nitrates, phosphates, sels de potasse. — Chimie du sol.

17. — **Le bois.** — Conservation. — Distillation. — Pâtes à papier.

18. — **L'industrie des gaz.** — Liquéfaction de l'acide carbonique, du chlore, de l'oxygène, de l'acide sulfureux, de l'ammoniaque. — Froid artificiel. — Les gaz éclairants : gaz de houille, « gaz pauvres. » — Acétylène.

19. — **Le pétrole.** — Géologie, formation, gisements. — Exploitation. — Distillation. — Sous-produits et leur utilisation.

20. — **Corps gras industriels.** — Saponification, théorie. — Matières premières. — Huiles et graisses diverses. — Agents de saponification. — Savons divers. — Bougies. — Acide stéarique. — Glycérine.

21. — **La parfumerie.** — Essences naturelles, extraction. — Parfums artificiels, composition et fabrication. — Savons, eaux de toilette, préparations diverses.

22. — **Vernis, mastics et enduits.** — Matières premières, résines, caoutchouc, gutta. — Vernis divers. — Encres et cirages. — Mastics isolants et hydrofuges.

23. — **Teinture et impression.** — Couleurs végétales, couleurs d'aniline, composition et fabrication. — Impression.

24. — **Couleurs minérales.** — Blancs divers. — Rouges, cinabre, minium. — Bleu-outremer. — Verts. — Bronzes en poudre. — Couleurs pour la verrerie et la céramique.

25. — **Explosifs, pyrotechnie, allumettes.** — Poudres, dynamites, fulmi-cotons, fulminates. — Pyrotechnie. — Phosphore, allumettes diverses.

26. — **Métaux terreux.** — Calcium, chaux, mortiers, ciments, plâtre. — Magnésium, terres rares. — Aluminium, argiles, aluns.

27. — **Fer, fontes et aciers.** — Minerais, distribution géologique, composition. — Fabrication. — Définition des fers, fontes et aciers industriels. — Emplois.

28. — **Cuivre, plomb, mercure.** — Géologie, extraction, métallurgie. — Applications.

29. — **Zinc, étain, nickel, cobalt.** — Géologie, extraction, métallurgie. — Applications.

30. — **Or, Argent, Platine.** — Géologie, extraction, métallurgie. — Applications.

Collection complète en 30 volumes

PRIX du Volume broché : **1** FR. **50** — La collection brochée : **40** FR.
— — relié : **2** FR. — — reliée : **50** FR.

Petite Encyclopédie pratique

AGRICOLE ET HORTICOLE

PUBLIÉE SOUS LA DIRECTION DE

M.-C. LECHALAS, Inspecteur gén. des Ponts et Chaussées en retraite.

Duclaux (E.), membre de l'Institut, Directeur de l'Institut Pasteur. — **Principes de laiterie.**

Chapitre I. Constitution physique du lait. — Chap. II. Constitution chimique du lait. — Chap. III. Les microbes du lait. — Chap. IV. Etude de quelques fermentations spéciales. — Chap. V. Méthode d'analyse du lait. — Chap. VI. Traitement commercial du lait. — Chap. VII. Ecrémage naturel. — Chap. VIII. Ecrémage centrifuge. — Chap. IX. Barattage du lait ou de la crème. — Chap. X. Le beurre. — Chap. XI. — Principes généraux de la fabrication des fromages. — Chap. XII. Etudes des divers types de fromages. — Chap. XIII. Fromages à pâte ferme et non cuits. — Chap. XIV. — Fromages à pâte molle.

Un volume in-18 jésus, de 370 pages avec 25 figures. Prix : **3** fr. **50**

Gain (Georges), juge d'Instruction. — **Les Syndicats professionnels agricoles.**

Nouveau commentaire de la loi du 21 mars 1884, suivant la doctrine et la jurisprudence, et examen critique des propositions de loi présentées par MM. Marcel Barthe, Bovier-Lapierre, Lachèze et Méline.

Un volume in-18 jésus, de 317 pages. Prix : **2** fr.

Heuzé (G.), insp. gén. de l'Agriculture. **La petite culture, agricole, légumière et fruitière, dans les campagnes et aux environs des villes.**

Chapitre I. La petite culture dans les régions agricoles. — Chap. II. Les exploitants. — Chap. III. Les agents de la production. — Chap. IV. Le matériel de la petite culture. — Chap. V. Les plantes de la petite culture agricole. — Chap. VI. Les plantes de la petite culture légumière. — Chap. VII. Production des plantes herbacées. — Chap. VIII. Production et récolte des graines légumières. — Chap. IX. Le bétail de la petite culture. — Chap. X. Les volailles de la petite culture. — Chap. XI. Les lapins. — Chap. XII. Les abeilles. — Chap. XIII. Les vers à soie. — Chap. XIV. Les arbres fruitiers dans les champs de la petite culture. — Chap. XV. Le jardin de la petite culture. — Chap. XVI. Récolte, emballage et vente.

Un volume in-18 jésus, de 401 pages avec 121 figures. Prix : **2** fr.

Larbalétrier (A.), prof. d'Agriculture. — **Petit dictionnaire d'agriculture, de zootechnie et de droit rural.**

Un vol. in-18 jésus, de 199 pages, avec 23 fig. Prix cartonné : **2** fr.

Lechalas (M.-C.) inspecteur général des Ponts et Chaussées en retraite, et de **Lalande (H.)** avocat au Conseil d'Etat. — **Les Cours d'Eau. — Hydrologie. — Législation.**

1re Partie : Hydrologie. — Chapitre I. Généralités. — Chap. II. Torrents, lacs et rivières. — Chap. III. Petits cours d'eau et fossés de dessèchement. — Chap. IV. Cultures permanentes.

2e Partie : Législation. — Chapitre I. Des cours d'eau navigables et flottables. — Chap. II. Des cours d'eau non navigables ni flottables.

Un volume in-18 raisin de 348 pages avec 35 figures. Prix : **2** fr.

Nivoit (E.) insp' gén. des Mines — **Eléments de Géologie.**

Cet ouvrage comprend les matières du programme de l'enseignement secondaire classique et moderne.

Chapitre I. Notions sommaires sur les roches. — Chap. II. Phénomènes naturels d'origine externe. — Chap. III. Phénomènes actuels d'origine interne. — Chap. IV. Constitution générale de l'écorce du globe. — Chap. V. Ere primaire. — Chap. VI. Ere secondaire. — Chap. VII. Ere tertiaire. — Chap. VIII. Ere quaternaire. — Chap. IX. — Géologie de la France.

Un vol. in-18 jésus, de 359 pages avec 156 fig. et 1 carte géologique. Prix : **2** fr.

Petit (P.) professeur à la faculté des sciences de Nancy. — **Nutrition et production des animaux, bœuf, cheval, mouton, porc.**

Chapitre I. Les Aliments. — Chap. II. Description des matières alimentaires. — Chap. III. Le corps de l'animal et ses fonctions. — Chap. IV Production des animaux. — Chap. V, Espèces bovine. — Chap. VI. Espèce Ovine. — Chap. VII. Espèce chevaline. — Chap. VIII. Espèce porcine, — Tables des compositions des matières alimentaires.

Un volume in-18 jésus de 331 pages. Prix : **2** fr.

Pion (Ernest), vétérinaire-inspecteur du marché de la Villette. — **Le commerce de la boucherie.**

Chapitre I. Renseignements généraux. — Chap. II. Elève et engraissement des bestiaux. — Chap. III. Commerce des bestiaux. — Chap. IV. Commerce de la boucherie en gros, ou commerce à la cheville. — Chap. V. Commerce de la boucherie, de la charcuterie et de la triperie. — Chap. VI. La viande : qualités, catégories ; fournitures aux établissements publics. — Chap. VII. Détails des prix de la boucherie dans les villes et dans les campagnes. — Chap. VIII. Abaissement possible du prix de la viande. — Chap. IX. Inspection de viandes. — Chap. X. Organisation de la vente aux consommateurs à Paris et en province. — Chap. XI. Boucheries hippophagiques. Règlements. — Chap. XII. Conclusion.

Un vol. in-18 jésus, de 359 pages avec fig. et 1 pl. Prix : **2** fr.

Renard (A.), professeur de chimie agricole à l'École des Sciences de Rouen. — **Amendements et engrais.**

Chapitre I. L'air. — Chap. II. — L'eau. — Chap. III. Le sol. — Chap. IV. Amendements. — Chap. V. Engrais azotés. — Chap. VI. Engrais phosphatés. — Chap. VII. Engrais alcalins. — Chap. VIII. Analyse des terres. — Chap. IX. Analyse et valeur vénale des engrais. — Tableau récapitulatif de la richesse en principes fertilisants des principales matières employées comme engrais. — Répression des fraudes dans le commerce des engrais.

Un volume in-18 jésus, de 124 pages avec figures. Prix : **2** fr.

Vilmorin-Andrieux. — Les légumes usuels.

Les légumes usuels sont disposés dans l'ordre alphabétique pour faciliter les recherches. On a inséré à la fin du second volume :

1° Un tableau résumé des poids du litre de graines, des nombres de graines dans un litre et des durées germinatives.

2° Un calendrier des Semis à faire dans chaque mois pour les différentes conditions de culture, avec indication des époques de production.

3° Un tableau détaillé des choix de plantes potagères pour les divers climats et les différentes conditions de culture.

4° Des listes d'assortiments de légumes pour jardins de diverses grandeurs.

Deux vol. in-18 jésus ensemble 610 pages avec figures.

Prix : **3 fr. 50** par volume.

L'introduction de cette excellente étude, a été écrite par M. H. de Vilmorin.

Prix de la collection complète des 11 volumes : **25** francs.

NOMENCLATURE DES OUVRAGES DE LA COLLECTION

1. — Terrassements, Fondations, Echafaudages. — Fouilles. — Sondages. — Outils pour sondages. — Fouilles en puits, en sous-œuvre. — Fouilles sous l'eau. — Pilotis. — Poussée des terres. — Echafaudages. — Poids du mètre cube des principaux matériaux de construction. — Proportions des diverses parties d'une construction.

2. — Matériaux de construction (*Emploi et résistance*). — Sables. — Cailloux. — Pierres naturelles. — Matériaux artificiels. — Calcaires. — Plâtre. — Briques — Mortiers, chaux, Ciments. — Bois. — Fonte, fer, acier, bronze, cuivre. — Traction. — Compression. — Flexion — Torsion. — Tableaux numériques des charges de rupture et des coefficients de travail des divers matériaux suivant leur emploi.

3. — Maçonnerie en général. — Maçonnerie de pierres de taille, de moellons, de meulière, de briques, de béton, de ciment. — Murs de fondation, de façade, de clôture, de soutènement, de réservoirs. — Appareils divers des pierres. — Murs creux et murs en briques creuses — Conduites de fumée. — Fosses d'aisances. — Chaînage des murs. — Baies, linteaux, arcs de décharge, portes, fenêtres, meneaux, pilastres en pierre. — Voûtes en berceau, d'arête, en arc de cloître, en anse de panier. — Cubature et stabilité des voûtes. — Escaliers en pierre.

4. — Charpente en bois. — Assemblage des bois. — Poteaux, Poitrails et planchers en bois. — Poutres armées. — Maîtresses-poutres — Distribution économique des solives dans un plancher. — Charge des planchers en bois — Combles. — Distribution économique des pannes dans une ferme. — Comble à la Mansard. — Combles pour magasins et ateliers. — Calcul d'un comble et d'un appentis.

5. — Menuiserie en bois. — Menuiserie intérieure. — Lambris. — Impostes. — Fenêtres et portes. — Persiennes, volets, jalousies. — Parquets. — Tracé des escaliers. — Escaliers en bois. — Ascenseurs. — Monte-charges. — Echelles de sauvetage pour incendies. — Clôtures, treillages. — Constructions rustiques.

6. — Charpente en fer. — Planchers, colonnes, pilastres et poitrails métalliques. — Charge des colonnes, des planchers en fer et acier. — Planchers métalliques hourdés en poteries ou en briques. — Planchers constitués par des poutrelles courbes métalliques. — Planchers en ciments armés. — Pans de fer. — Combles métalliques. — Appentis en bois et fer. — Comble Polonceau. — Combles à panneaux. — Combles Pombla. — Combles en tôle ondulée. — Combles Shed. — Hangars. — Distribution économique des pannes dans un comble métallique.

7. — Serrurerie et Menuiserie en fer. — Serrures. — Ferme-portes. — Portes et fenêtres métalliques. — Fermetures de magasins en fer et tôle. — Escaliers en fer, fonte, tôle, zinc. — Ferronnerie. — Grilles — Marquises.

8. — Peinture, Vitrerie, Décoration, Carrelages. — Légers ouvrages en plâtre : enduits, renformis, crépis, moulures, corniches. — Cloisons légères. — Aires de planchers. — Plafonds. — Peinture. vitrerie. — Papiers de tenture. — Marbrerie. — Décoration intérieure et extérieure. — Pavage en grès, en asphalte, en briques, en ciment, en bois. — Pavages et carrelages céramiques. — Mosaïques. — Pavages en verre. — Trottoirs. Voies publiques, cours.

9. — Fumisterie, Chauffage, Ventilation, Eclairage, Electricité. — Cheminées, Poêles, Calorifères. — Ventilation domestique. — Girouettes. — Eclairage. — Gaz. Conduites de gaz. — Electricité à la maison. — Téléphonie. — Paratonnerres.

10. — Distribution d'eau, Assainissement. — L'eau à la maison. — Conduites d'eau. — Evacuation des matières usées. — Le tout à l'égout. — Appareils sanitaires. — Filtres, réservoirs, robinets, éviers, bassins, jets d'eau, pompes, puits, citernes. — Hygiène des habitations. — Water-closets, urinoirs. — Bains.

11. — Couverture, Plomberie, Zincage. — Couverture en planches, en carton bitumé, en tuiles, en ardoises, en tôle ondulée, en plomb, en cuivre, en zinc, en produits céramiques. — Pente et charge des combles suivant leur destination. — Chêneaux, gouttières. — Plomberie sanitaire, etc.

12. — Lois et règlements concernant la construction. — Droits du propriétaire et du locataire. — Honoraires. — Métrage. — Vérification.

Petite Encyclopédie Electro-Mécanique

PUBLIÉE SOUS LA DIRECTION DE

H. de GRAFFIGNY, Ingénieur civil

Nº 1, 2ᵉ édit. Manuel élémentaire d'électricité industrielle.

I. Nature de l'électricité, comparaison avec l'hydraulique. Lois diverses. — II. Générateurs hydro-électriques, accumulateurs et piles. — III. Mesure des courants, étalons, appareils de mesure. — IV. Electro-magnétisme et électro-dynamique, lois. — V. Générateurs mécaniques d'électricité. Réversibilité. — VI. Générateurs thermo-électriques et divers. — VII. Production de la lumière électrique. — VIII. Production des signaux, télégraphes et téléphones. — IX. Phénomènes électro-chimiques.

Nº 2, 2ᵉ édit. Conducteur de Dynamos et Moteurs électriques

I. Dynamos à courant continu. — II. Fonctionnement des dynamos. — III. Construction des dynamos. — IV. Installation et conduite des dynamos. — V. Entretien et réparation des dynamos. — VI. Fonctionnement des alternateurs. — VII. Les alternateurs. — VIII. les moteurs électriques. — Appendice.

Nº 3. Les piles et les Accumulateurs.

I. Fonctionnement des piles et classification. — II. Description des piles usuelles. — III. Entretien des piles. — IV. Fonctionnement des accumulateurs. — V. Description des accumulateurs. — VI. Montage et installation des accumulateurs. — VII. Charge et décharge, soins d'entretien. — VIII. Accessoires de manœuvre des batteries. — IX. Groupes électrogènes à piles. — Appendice.

Nº 4. Les canalisations électriques.

I. Méthodes diverses de distribution des courants continus. — II. Canalisations aériennes à courants continus. — III. Canalisations souterraines. — IV. Distribution par courants alternatifs à haute tension. — V. La fabrication des fils, câbles et accessoires. — VI. Pose des canalisations, jonction des fils. — VII. Soins d'entretien des lignes, réparations. — VIII. Calcul des canalisations.

Nº 5. Chauffeur-Conducteur de Machines.

I. Fonctionnement d'une machine à vapeur. — II. Descriptions des systèmes actuels. — III. La chaudière, calcul, disposition. — IV. Les appareils de sûreté. — V. Conduite du feu. — VI. Alimentation, les incrustations — VII. Soins d'entretien et de réparation des pièces de la chaudière. — VIII. Mécanisme moteur, détail des pièces, description. — IX. Mise en place et en marche d'un moteur. — X. Détente, marche économique, etc. — XI. Soins d'entretien et de réparations.

Nº 6, 2ᵉ édit. Conducteur de Moteurs à gaz et à pétrole.

I. Fonctionnement d'un moteur à gaz. — II. Description des principaux systèmes de moteurs à gaz. — III. Conduite des moteurs à gaz. — IV. Soins aux divers organes, huiles de graissage. — V. Les moteurs à essence (air carburé). Description. — VI. Conduite et entretien des moteurs à essence. — VII. Moteurs à pétrole lampant, avantages et inconvénients. — VII. Les moteurs à gaz pauvre, descriptions. — IX. Les gazogènes. — X. Appendice, tableaux divers.

N° 7. — Guide pratique d'éclairage électrique.

I. La lumière électrique, historique. — II. Distributions d'éclairage, stations centrales, procédés divers. — III. Description des lampes à arc. — IV. Branchement et pose des arcs, mise en marche, entretien. — V. Démontage et réparation des lampes à arc. — VI. Fabrication des lampes à incandescence. — VII. Appareillage de distribution, tableaux, rhéostats, coupe-circuits, douilles, etc. — Appareils de lumière divers, projecteurs, microscope photo-électrique, etc. — Appendice.

N° 8. — Le Monteur-Appareilleur-Électricien.

I. Travaux du monteur, outillage. — II. Pose des canalisations domestiques, jonctions, épissures des fils, etc. — III. Pose des lampes à incandescence, isolement des fils. — IV. Appareils de mesure, compteurs, etc. — V. Soins d'entretien, cassage des lampes, courts-circuits. — VI. Installation d'un moteur ou d'une dynamo, mise en marche, etc. — VII. Montage de divers appareils électriques.

N° 9. — Transport électrique des forces.

I. Transmission de l'énergie, théorie, historique. — II. Les moteurs hydrauliques actuels. — III. Stations électriques avec moulins à vent. — IV. Transformateurs par courant continu. — V. Transport par courants alternatifs. — VI. Les transformateurs à haute tension. — VII. Installation d'une station pour l'envoi de la force. Machines à employer, etc. — VIII Installation et soin des moteurs à courants continus et alternatifs polyphasés. — IX. Les tramways électriques, systèmes divers.

N° 10. — Réseaux téléphoniques et sonnettes.

I. Les sonnettes électriques, description des divers modèles. — II. Pose des sonnettes, outillage, soins d'isolement, plans de pose. — III. Entretien de sonnettes, nettoyage, piles. — IV. Fonctionnement du téléphone et du microphone. — V. Description des appareils en usage. — VI. Installation de deux postes magnétiques. — VII. Pose des lignes, isolement des fils, soins divers. — VIII. Remèdes contre l'induction (friture), réparations des lignes et des postes. — IX. Renseignements divers sur les téléphones.

N° 11. — Manuel de l'Electro-Chimiste.

I. — Théorie des dépôts électrolytiques, historique. — II. Appareillage pour l'électro-chimie, dynamos, piles, bacs, cuves, conducteurs. — III. Galvanoplastie le moulage, les bains. — IV. Le cuivre, affinage, dépôt électrolytique. — V. La dorure et l'argenture. — VI. Le nickelage. — VII. Conduite des bains, densité de courant. — VIII. Formules et recettes. — Appendice.

N° 12. — L'Électricité pour tous.

I. Générateurs d'électricité domestiques, piles et machines. — II. Lumière électrique domestique par piles. — III. Lumière domestique par dynamos et machines. — IV. Moteurs domestiques, emplois divers. — V. La cuisine électrique. — VI. Pose des sonnettes, téléphones, avertisseurs domestiques. — VII. Les allumoirs et appareils divers. — VIII. Électricité médicale. — IX. Les appareils Trouvé.

Prix de chaque volume : broché. **1 fr. 50** relié. **2 fr.**

La collection de 12 volumes : brochés **15 fr.** reliés **20 fr.**

Petite Encyclopédie
Scientifique et Industrielle

PUBLIÉE SOUS LA DIRECTION

de **Henry de GRAFFIGNY**

INGÉNIEUR CIVIL

La Télégraphie sans Fil

Le mouvement de la nature. — Historique de l'art des signaux. — Télégraphie sans fil par ondes lumineuses, par ondes électro-magnétiques, par ondes électriques. — Les expériences de Marconi. — L'appareillage de télégraphie sans fil et les expériences de M. Ducretet. — Expériences diverses : Popoff, Tesla, etc. — Applications de la télégraphie sans fil.

Un volume de 160 pages et 43 figures. Prix : **1 fr. 50**

Les Nouveaux Ascenseurs

Définition et classification des ascenseurs. — Les ascenseurs à puits, à compensateurs, sans puits, électriques, hydro-électriques, à air comprimé. — Les manœuvres et la sécurité des ascenseurs. — Les monte-charges. — Les ascenseurs hydrauliques pour bateaux et pour chemins de fer.

Un volume de 160 pages et 57 figures. Prix : **1 fr. 50**

Les Nouveaux Systèmes de Chauffage

I. Production et utilisation de la chaleur. Théorie et classification des appareils de chauffage. — II. Le chauffage par le soleil. — III. Chauffage par cheminées et grilles au bois, au coke, à la houille, aux agglomérés, etc., etc. — IV. Chauffage par l'air chaud, calorifères et poêles. — V. Chauffage par la vapeur à haute et à basse pression. — VI. Chauffage au gaz. — VII. Chauffage par le pétrole, l'essence, l'alcool. — VIII. Le chauffage électrique.

Un volume de 160 pages et 48 figures. Prix : **1 fr. 50**

L'Opticien

Guide historique et pratique

Par JACQUEMIN

Historique de la lunette et de la fabrication du verre. — Fusion du verre. — Verre de couleurs. — Cristal de roche. — Myopie. — Presbytie. — Strabisme. — Choix des verres et des montures. — Verres périscopiques et sphéro-cylindriques. — Cataracte. — Anatomie de l'œil. — Mécanisme de la vision. — Vision. — Prismes. — Jumelles à prismes. — Optomètres. — Sphéromètre. — Lunette astronomique. — Jumelle de théâtre et de marine. — Tableau comparatif des anciens numéros sur les Dioptries. — Divers caractères d'écritures pour essayer la vue.

Un volume de 160 pages avec figures. Prix : **1 fr. 50**

Courbevoie. — Imp. E. Bernard, 12, rue de la Station.

Courbevoie. — Imprimerie E. Bernard.

www.ingramcontent.com/pod-product-compliance
Ingram Content Group UK Ltd.
Pitfield, Milton Keynes, MK11 3LW, UK
UKHW031858260826
14628UKWH00002B/846

9 782019 958923